# Magični lift

Višnja Savić

Published by Višnja Savić, 2017.

MAGIČNI LIFT

**First edition. March 6, 2017.**

Copyright © 2017 Višnja Savić.

ISBN: 979-8224373642

Written by Višnja Savić.

Lazar je stajao za šankom lokalnog bara i pitao se odakle uporno dolaze zvuci "Whiskey in the Jar". Onda je shvatio da je on svo vreme pevušio tu pesmu. Bio je previše pijan. Ispred njega na šanku bila je čaša viskija i veliki novčić. Njegova žuta boja nije označavala zlato, nego je naglašavala važnost vremena koje je proveo u apstinenciji. Velika slova na kojima je pisalo "Šest meseci" označavala su vreme koliko je proveo u seksualnoj apstinenciji. Lazar je imao zvaničnu dijagnozu - "seksualni zavisnik".

Tačno pola godine proteklo je od kako je odlučio da prekine sa svojim svakodnevnim avanturama. Period pre toga bio je prepun besmislenih seksualnih odnosa sa raznim partnerkama. Ponekad i sa nekoliko različitih u toku istog dana. Ma koliko njegov život spolja delovao kao zanimljiv i ispunjen, takvo ponašanje nije bilo bez posledica.

Jedna od njih bilo je kajanje, koje je neumitno pratilo njegove uspešne svakodnevne predatorske aktivnosti. Koliko god da je tokom dana vodio život koji mu se činio kao ispunjavajući, koliko god da je bio srećan i zadovoljen, večeri su mu bile usamljene i ispunjene grižom savesti. Seksualno pražnjenje koje je kod drugih ljudi izazivalo oslobađanje i opuštanje, njemu je donosilo osećaj praznine i promašenosti. Partnerke koje je viđao u kratkim susretima obično više nije viđao, ili se nisu dugo zadržavale u njegovom životu. Usamljenost je neumitno vodila u depresiju, i taj osećaj praznine je dugo bio sastavni deo njegovog života.

Nije bilo nikakvih razloga da on nema srećan i ispunjen ljubavni život. Lazar je bio lep, zgodan i visok muškarac u najboljim godinama. Ali svoju privlačnost je samo koristio da na relativno lak način dođe do brzih i kratkih avantura. Prave veze sa devojkama imao je samo u ranoj mladosti. Vrlo brzo je i on, kao a i njegove tadašnje devojke, shvatio da za njega monogamija nije moguća. Svoju seksualnu zavisnost je bez puno razmišljanja prihvatio kao nešto što je normalno. Prepustio se tome i menjao je partnerke onako kako je želeo.

Vremenom, takav život uzeo je svoj danak. Pomoć je potražio onda kada je osećaj krivice i praznine postao veći od kratkotrajnih zadovoljstava koje je dobijao sa partnerkama.

U početku je išlo dobro sa odvikavanjem. Psiholog kod koga je bio oformio je grupu ljudi sa sličnim problemima, i on im se pridružio. Bilo mu je jedino malo čudno to što su grupe bile mešovite. To mu je izgledalo kao kad bi se društvo anonimnih alkoholičara okupljalo u lokalnom baru. Iskušenja su uvek bila oko njih, kad god bi se okupili. Veći deo tih devojaka sa kojima se zajednički borio protiv zavisnosti bi van tog psihološkog kružoka bile deo njegove ciljne grupe.

A onda se navikao. Prihvatio je kao seksualnu apstinenciju kao nešto neminovno, nešto što je morao da istrpi pre nego što pronađe ozbiljnu monogamnu vezu. Naravno, to osećanje nije došlo samo od sebe. Alkohol mu je pomogao u tome.

Bio je svestan da je jednu zavisnost je zamenio drugom, nije se zavaravao. Ali je verovao da je to dobro. Mislio je da će alkohol samo da iskoristi da premosti prazninu dok ne postane spreman za pravu vezu. Problem je bio samo u tome što bi ga alkohol obično toliko otupeo da mu na pamet nisu padale ni kratke, a kamoli ozbiljne veze.

Pritom su ozbiljne veze od njega bile udaljenije nego ikad pre. Šanse da pronađe ozbiljnu partnerku, dok pijan sedi za šankom u baru, bile su nikakve. Šanse za kratke veze su i dalje postojale. Usamljene devojkama nisu mogle a da ne primete zgodnog mladića u tridesetim godinama kako sam sedi za šankom. To što je tako lep muškarac sam tumačile su onako kako im je odgovaralo – mislile su da je on sam za šankom samo da bi našao devojku za jednu noć. Zbog toga je često viđao kako mu usamljene devojke upućuju zavodljive poglede, a neretko su mu i same prilazile.

U stanju u kakvom je bio, nije imao nikakav problem da ih odbije. Nije ih gledao, a sa onima koje bi mu prišle nije ni razgovarao. Obično bi otpio još malo svog pića dok su one odlazile psujući ga. Onda bi se zagledao u medaljon kojeg je uvek držao u ruci. Na njima su se vremenom povećavali brojevi koji označavaju mesece apstinencije, a on nije viđao nikakvu promenu na bolje.

Te večeri, na tako značajan jubilej, ponovo je pogledao u medaljon. Ali, po prvi put on je u njemu izazvao drugačije osećanje. Otpio je poslednji gutljaj svog pića i lupio čašom o šank.

"Ne podnosim alkohol"

Barmenu je ostavio novac sa napojnicom na bar, a u veliku staklenu činiju ubacio je dodatni bakšiš, svoj lažno zlatni medaljon.

Sutradan se probudio sa blagom glavoboljom, na koju je već bio navikao. Ali bio je srećan. Znao je da je to njegov poslednji mamurluk. Odlučio je da prestane sa zabludama o seksualnoj apstinenciji i verovanju da će ga ona odvesti na "pravi put", na kome će postati "normalan čovek". Shvatio je da seksualna zavisnost ne postoji, i da je to samo lekarski naziv za pojačanu seksualnu želju. Ako takvu želju istinski prihvati kao deo sebe, više neće postojati razlozi za grižu savesti. On je zavisio od seksa, i to je po prvi put istinski prihvatio kao deo svoje prirode. I odlučio je da živi, ne uprkos tome, nego sa tim.

Problem je bio u tome što više nije mogao da se u potpunosti vrati na staro ponašanje. Nakon nekoliko meseci provedenih sa alkoholom, više nije mogao da odlazi na stara mesta. Barovi, klubovi, restorani, sva mesta na kojima je ranije upoznavao devojke sada su bila opasna za njega. Znao je da bi čim uđe u neki kafić, prvo naručio piće, a onda ne bi mogao da stane.

Ali imao je rešenje za to. U proteklih šest meseci, dok je sebi uskraćivao seksualna zadovoljstva, mogao je samo da mašta o njima. U nekim od svojih divljih snova, zamišljao je kako iskorištava svoj posao za zadovoljstvo. Lazar je radio kao mehaničar za lift u jednom od hotela koji su bili deo poznatog lanca. To je bio posao kojeg je voleo. Bio je dobro plaćen, za ne puno posla, a vremenom je postao i šef smene. Bio je na idealnoj poziciji da ostvari svoju nameru.

Ideja je bila da na jednom od retko upotrebljavanih liftova u hotelu postavi daljinski uređaj, koji bi mu omogućio da ga na pritisak dugmeta zaustavi. Naravno, u trenutku kad je u njemu sam sa nepoznatom devojkom ili ženom. Podrazumevalo se da nikoga neće prisiljavati ni na šta što ne želi. Prilaziće samo onim devojkama za koje je siguran da ga žele. Čitav sistem kojeg je zamislio bio je tu samo da stvari malo pogura u željenom pravcu. Lift je bio samo mesto susreta, u nedostatku drugih mesta.

Prvih nekoliko dana nakon instalacije uređaja, nije radio ništa. Nekoliko dana je samo posmatrao gošće hotela, čekajući na neki znak privlačenja. A onda je shvatio da stvari može da ubrza. Dok je čekao na priliku u hotelu, postavio je isti uređaj i u zgradi u kojoj je živeo. Imao je puno zgodnih komšinica i iako mnoge od njih nije poznavao, već je imao nekoliko ideja.

Nije puno razmišljao o tome ko će biti prva. Odavno je želeo Danijelu. I verovao je da je to obostrano. Zbog toga je odlučio da je sačeka ispred zgrade. Znao je u koje vreme se vraća sa posla, pa je u to vreme čekao sakriven, spreman da pođe za njom.

Danijela je bila žena u tridesetim godinama. Kako to često biva sa razvedenim ženama, i ona se trudila da izgleda lepše od svojih vršnjakinja. Oblačila se mladalački, uvek nosila uske pantalone da naglasi svoju figuru i pokušavala da zrači pozitivnošću. A tako se i osećala. Svoju prošlost ostavila je za sobom i gledala je u budućnost, od koje je očekivala najbolje za sebe. Ali, u toj budućnosti nije videla muškarca za sebe. Kao ni u sadašnjosti. Težak razvod doneo je razočaranje i gubitak poverenja u muškarce. I pored svog pozitivnog stava, bila je usamljena i odavno nije dozvolila nikome da joj se približi. Vreme koje je provela bez muškaraca je za nju bilo predugo, ali ona nije videla drugo rešenje. Niko je više nije privlačio.

Kad je tog dana ušla u lift, primetila je komšiju kako žurnim korakom ulazi u zgradu. Mahnuo joj je rukom i ona je zaustavila vrata lifta. Nasmešila mu se dok je ulazio a zatim je pritisnula dugme. Stao je iza nje i ona se nije okretala. Znala ga je onako, u prolazu, pozdravili bi se u hodniku kad se vide, ali ništa više od toga. On nikada nije započinjao razgovor, mada je ona želela da jeste.

Ali tog dana je shvatila da svog komšiju doživljava drugačije. Nikada ranije nije bila u liftu sama sa njim, i nikada toliko blizu njega. Dok je osaćala njegovu blizinu iza sebe, srce joj je brže zalupalo. Pomislila je kako bio on mogao da bude jedan od onih koji su mogli da ispune prazninu u njoj. Visok i snažan muškarac, zračio je nekom mitskom muževnošću, verovala je da takav muškarac može da je podigne i pomogne joj da ponovo oseti pravu sebe.

Prošlo je nekoliko spratova u tišini nakon što je pritisnula dugme, a onda je odjednom osetila njegovu veliku ruku na sebi. Bez ikakve najave, uvoda, objašnjenja ili povoda, zgrabio je za dupe svojim ogromnim dlanom. Osetila je kako je prestala da diše. Nije mu dala nikakvog povoda za to, nije imao razloga da zna da ga ona želi. A opet, njegova ruka je bila tu. Nepomično je stajala ne znajući šta da radi.

Lift se i dalje kretao dok je on lagano pomerao ruku po njoj. Dodir je prešao u stisak i ona je tiho uzdahnula, nadajući se da to neće čuti. Osetila je kako uzbuđenje nadire njenim telom. Lazar je drugom rukom uhvatio njenu i povukao je nazad ka njemu. Prislonio joj je dlan na njegovo međunožje i ona je osetila njegov čvrsti ud. Nesvesno je zatvorila oči kad je osetila koliko je uzbuđen. Ugrizla je usnu da ne bi čuo njen uzdah. Mogla je da oseti kako joj lice obliva crvenilo, dok postaje sve uzbuđenija. Njegova ruka se iznenada sklonila sa njenog dupeta, ali ona i dalje nije sklanjala svoj dlan sa njegovog kurca.

A onda se odjednom trgnula. Lift je neočekivano stao i vrata su se otvorila na njenom spratu. Njegova ruka je ponovo bila na njoj, milovao ju je. Brzo je sklonila ruku sa njega i nesigurnim korakom krenula ka vratima. U hodniku se još jednom okrenula. Stajao je na vratima i gledao kako odlazi, dok se rukom držao za veliku izbočinu između nogu.

Lazar je sutradan ponovo bio na istom mestu. Jučerašnji kvar sa neuspešnim zaustavljanjem lifta već je bio ispravio. Nadao se da se takva greška više neće ponoviti. I pored blage neprijatnosti koju je osećao, dobio je potvrdu da ga Danijela želi. Ili da joj barem ne smeta njegova želja.

Stajao je u blizini zgrade i posmatrao ulaz. Već je bio osetio kako mu se digao od uzbuđenja koje je pratilo iščekivanje. A onda je ugledao kako hoda ka zgradi. Njena široka bedra su se njihala u uskim pantalonama. Činilo mu se kao da ispituje okolinu, tražeći nekoga pogledom. Krenuo je ka njoj baš u trenutku kad ga je primetila.

Danijela je žurno hodala ka zgradi, a onda je usporila kad je stigla blizu. Setila se svog komšije. Da li će ga opet videti? Nije postojala dilema da li ga je želela. Ako bi uopšte pokušala da sebe ubedi da ga ne želi, njeno ubrzano disanje i lupanje srca govorili su suprotno.

S jedne strane želela je da ponovo stane pored njega, da oseti njegovu muževnost i njegove ruke na sebi. Ali s druge strane, šta da radi sa njim u liftu? Vožnja liftom prekratko traje. A bilo bi još gore da ga pozove u stan. Ili pristane na njegov poziv. Tek tako. Šta bi tad mislio o njoj?

Zbog toga je bila čvrsto odlučila da mu se ne prepusti ponovo, ukoliko se jučerašnja situacija ponovi. Koliko god da je bila uzbuđena, nije želela da se zbog toga upušta u tako kratku i besmislenu situaciju.

Onda ga je ugledala. Izgledao joj je kao da je čekao. Sklonila je pogled sa njega, praveći se da ga ne vidi i ubrzala korak. Čim je ušla u zgradu požurila je ka liftu i nekoliko puta pritisnula dugme za pozivanje. Ušla je unutra baš u trenutku kad je on bio na vratima zgrade. Ponovo joj je mahnuo da zaustavi vrata, ali ovaj put je to ignorisala. Primetila je da je potrčao ka liftu a onda je pritisnula dugme za svoj sprat. Tek u tom trenutku, dok ga je posmatrala kako trči ka njoj, shvatila je da ga želi. Navijala je za njega dok je trčao, želela je da stigne na vreme, ali nije mogla da se natera da mu pomogne u tome.

Odahnula je kad je stigao na vreme. Njegova velika šaka uhvatila je vrata lifta i ona su se otvorila. Nasmešio joj se i ponovo stao iza nje, na isto mesto kao i juče. Osetila je kako joj srce divlje lupa dok su se vrata zatvarala. Ovog puta, znala je šta sledi. Sledećih nekoliko desetina sekundi postojaće samo njih dvoje, potpuno odvojeni od ostatka sveta. Svakog trenutka isčekivala je da ponovo oseti njegove čvrste ruke na sebi. Želela je da dlanom ponovo oseti njegov tvrdi kurac.

Ali spratovi su prolazili i ništa se nije dešavalo. Pogledala je u brojač i videla da je njen sprat sve bliži. Svake sekunde koja je prolazila, bivala je sve više razočarana. Pitala se gde je pogrešila. Da ga nije nečim uvredila? Možda je njen žurni ulazak u zgradu i lift protumačio kao bekstvo od njega?

Njena pitanja prekinuo je lift koji se odjednom zaustavio. Instinktivno je ponovo pogledala ka brojaču i shvatila da se lift zaustavio između spratova. U svakoj drugoj situaciji, ona bi se okrenula ka njemu, nešto bi popričali, pokušala bi da ponovo pritisne dugme, ili uradi bilo šta. Ali ovo nije bila obična situacija. Oboje se nisu ni pomerili. Mogla je da oseti njegovu snagu iza sebe od koje je sve brže disala. Želela je da on uradi nešto, bilo šta, samo da prekine tu tišinu.

A onda je ponovo osetila ruku na sebi. Nije oklevao, odmah je čvrsto zgrabio za dupe. Trgnula se od toga. Dozvolila je sebi da glasno uzdahne, njegov stisak doživela je kao olakšanje od napetosti. Njegova druga ruka je ponovo pronašla njenu, i ona je spremno poslušala kad je povukao ka sebi. Ali ovaj put je nešto bilo drugačije. Njegove pantalone bile su otkopčane.

Trgnula se kad je nadlanicom osetila nešto tvrdo. Učinilo joj se da je to neka topla motka ili cev. Oklevala je nekoliko trenutaka, a onda je dlan okrenula ka njemu. Prstima je potražila kurac a onda ih je stegnula oko njega. Bio je topao i čvrst u njenoj ruci. Prijalo joj je da ga drži. Nekoliko trenutaka provela je uživajući u prijatnom osećanju koga dugo nije imala, a onda je polako počela da pomera ruku.

Prvo je dlanom krenula na dole, sve dok nije osetila da je stigla do stomaka, a onda je pomerila dlan u svom pravcu. Dlan joj je polako klizio po njegovom kurcu, i sa svakim pređenim centimetrom oči su joj se sve više širile. Kad je konačno dlanom osetila njegov veliki glavić skoro da je odahnula. I ovako je bio veliki, a sve više od toga bilo bi preveliko za nju. Ali njemu je dobro stajao. Na takvu visinu, devojka bi i očekivala da dobije veliki kurac, kao deo paketa.

Njegove ruke su se iznenada sklonile sa njenog dupeta. Uhvatio je za struk i povukao bliže sebi. Naslonio je na svoj kuk dok su mu se dlanovi penjali njenim telom. Osetila je kako mu ruke prelaze preko stomaka, idući na gore ka sisama. Nekoliko puta je nežno prešao preko njih, kao da je želeo da ih premeri. A onda je osetila kako je čvrstim dlanovima polako počeo da ih stiska preko košulje. Naslonila je glavu unazad, na njegove grudi i potpuno se prepustila tome. Drkala mu je kurac polako, uživajući što oseća muške prste na svojim krutim bradavicama.

Jedna ruka se polako spustila niz njeno telo. Nežno dodirujući stomak, dlanom je stigao između njenih nogu i uhvatio je za pičku. Nije se protivila kad joj je otkopčao šlic. Pustila je glasni uzdah zadovoljstva kad je osetila njegove duge prste na svojim vlažnim gaćicama. Prošlo je neko vreme od kad je osetila muške prste na svojoj mačkici.

Pomogla mu je da joj spusti uske farmerke malo niže. Nekoliko puta je prstima prešao preko vlažne tkanine, a onda joj odjednom zavukao ruku u gaćice. Počela je dublje da diše kad ga je osetila na svojoj vreloj pički. Ponovo mu je zgrabila kurac, čvršće nego ranije. Skoro da ga je stezala dok mu je drkala.

Topli prsti između njenih nogu su nežno prešli preko vlažnih usmina, i pažljivo dodirnuli klitoris. Osetila je da je previše uzbuđena da bi je štedeo. Postavila je svoje prste preko njegovih i počela brže da ih pomera. Dve ruke su brzo prelazile preko njene pičke, dok mu je ona zatvorenih očiju drkala kurac. Kolena su joj sve više klecala, stiskala je butine i osećala kako talasi orgazma nadiru. Pritisla je rukom njegov dlan i čvrsto ga pritisnula uz pičku. Drkao joj je sve brže dok joj se telo treslo u njegovom zagrljaju.

Otvorila je oči tek kad je svršila. Butine su joj bile vlažne od njenih sokova koji su se slivali niz njih. Tek tad je primetila koliko je čudan bio položaj u kome su se nalazili. Bila mu je okrenuta leđima i to joj je odjednom delovalo neprirodno. Dlanom mu je i dalje držala kurac, ali joj to nije bilo dovoljno blisko. Tek nakon svršavanja osetila je koliko je čudno to što je gola u liftu. Farmerke su joj stajale oko članaka, dok joj je brushalter virio iz raskopčane košulje. Držala je u ruci kurac nepoznatog muškarca i nije znala šta da radi.

On je okrenuo, naslonio je leđima uza zid i prišao joj. Konačno je mogla da ga vidi izbliza i ponovo je osetila bliskost. Kad je poljubio, više joj ništa nije bilo čudno i stid je ponovo nestao. Jednom rukom ga je uhvatila za dupe a drugom ponovo uzela kurac.

Pogledao je u oči i prišao još bliže. Osetila je kako joj skida prste sa kurca, uzima ga u ruke i prilazi njenoj vlažnoj pički. Spustila je pogled niže ka sebi. Kao u magnovenju, zadovoljno je posmatrala kako mu glavić polako prelazi preko njenih usmina. Osećala je kako drhti, spremna da ponovo svrši dok je osećala njegov veliki glavić na svom klitorisu. Prepustila se uživanju bez razmišljanja.

Trebalo joj je nekoliko trenutaka da bi shvatila da se on pripremao da uđe u nju. Ma koliko da ga je želela, nije htela da bude jedna od onih koje se komšijama tek tako predaju u liftu. Stavila je dlanove na njegov stomak i blago ga odgurnula. Mogla je da oseti njegov začuđeni pogled na sebi iako ga nije videla. Sklonila je glavu u stranu. Nije smatrala da je obavezna da mu daje objašnjenja. Povukla je gaćice preko svoje pičke dok je on zbunjen posmatrao.

Ali nije imala nameru ni da ga tek tako ostavi. Polako mu je ponovo pomirljivo spustila ruku na kurac i ponovo počela da mu drka. Gledali su se nekoliko trenutaka dok je to radila. Njegove snažne ruke su je okrenule licem ka zidu, toliko brzo da se skoro uplašila zbog toga. Osetila je koliko je napaljen. Dlanovima je uhvatio za kukove i povukao ka sebi. Stajala je nagužena ispred njega dok je pokušavao da joj odpozadi skine gaćice. Ali ona se brzo uspravila i ponovo ih podigla na gore.

Stajali su nepomično nekoliko trenutaka, prosto je mogla da oseti njegovu frustraciju i napaljenost. Čula je kako je duboko disao iza nje. Pokušala je da ponovo uzme kurac u ruku, ali on je opet gurnuo ka zidu.

Otimala se ispred njega, vrtela je bedrima i pokušala da ga odgurne rukama. Ali je on čvrsto držao. Prislonio je svoje telo preko nje i držao pored zida. Duboko je disala. Mislila je da će ponovo pokušati da joj skine gaćice a onda joj ga gurnuti u guzu.

Osetila je njegov dugi kurac na svom dupetu. Položio ga je preko njega i stavio ga u procep između njenih guzova. Laknulo joj je kad je počeo da se trlja o njene svilene gaćice. Ponovo je mogla da se opusti. Njen obraz je bio oslonjen na zid, i pored sebe je mogla da vidi njegovo lice. Zatvorenih očiju naslonio se glavom na zid dok se trljao o nju. Držao je ruke na njenim grudima, stiskao ih dok je sve brže disao.

Spustila je ruku niže i zavukla je u gaćice. Polako je počela da se dodiruje dok ga je posmatrala. Prijao joj je osećaj tvrdog kurca na svojoj guzi, i bila je zadovoljna jer je videla da ga je toliko uzbudila.

Njegove ruke su se spustile na njene bokove. Malo se odmaknuo a onda joj je brzo povukao gaćice na dole. Trgnula se. Odmah zatim je ponovo naslonio svoj topli kurac na njenu golu kožu i nastavio da se trlja između guzova. Osećala je kako je vlažan od predsemene tečnosti, osećala je kako je svakim pokretom razmazivao po njenom dupetu.

Znala je da on bi bez većih problema mogao da ga gurne u nju. Mogao je da je naguzi na silu tu u liftu, i ona ne bi mogla da ga zaustavi. Osetila je njegovu snagu i veliku želju. Bila je sigurna da bi neko drugi u sličnoj situaciji to uradio. Ali on je poštovao to što mu je jasno pokazala da to ne želi. Svidelo joj se to.

Njegovi prsti su je čvršće stegnuli za bokove, čula je njegovo ubrzano disanje pored sebe. A onda je čitavo svoje telo prislonio uz njeno. Mogla je da oseti kako drhti u orgazmu. Zadovoljno se nasmešila kad je na sebi ponovo, posle dužeg vremena, osetila toplu spermu. Jedva je čekala da se odmakne od nje, da bi mogla da je uzme u dlan.

Ali on je prestao samo na kratko. Čula ga je kako je duboko disao dok je stajao pripijen uz nju. A onda je polako ponovo nastavio da se trlja. Razmazivao je spermu po njoj dok je ona prstima i dalje milovala pičku. Prijao joj je taj kurac na sebi, i osećaj tople tečnosti koja se razmazivala po njenoj guzi. Sve brže je prelazila vlažnim prstima po klitorisu. Htela je da ponovo svrši dok je njegov kurac još na njoj. Zatvorenih očiju je drkala uživajući u tvrdom kurcu na svom dupetu.

Iznenadila se kad se odmaknuo od nje. Otvorila je oči i prestala da drka, pitajući se zbog čega je to uradio. Polako se okrenula ka njemu. Stajao je držeći kurac u ruci i posmatrao je. Nije ništa morao da kaže, znala je šta želi. Znala je da bi i njoj prijalo.

Farmerke su joj i dalje stajale oko članaka. Malo ih je podigla do kolena, a onda je kleknula. Neko vreme zadovoljno je posmatrala kurac koji se klatio ispred njenog lica. Sa njega se još uvek cedila topla sperma, izlivena zbog nje. Uživala je u tom prizoru koga odavno nije videla.

Polako mu je prišla i liznula malo sperme sa glavića. Shvatila je koliko joj je nedostajao ukus tople muške tečnosti. Možda ne toliko ukus, koliko osećaj zadovoljstva što dobija nešto što je zaslužila. Nešto za šta je smatrala da je samo njeno. Jezikom je oblizivala glavić a onda ga je čitavog uzela u usta. Čula je kako je počeo dublje da diše. Obuhvatila ga je dlanom i drkala mu je dok je cuclala glavić. Drugu ruku mu je stavila na dupe.

Onda je širom otvorila usta i polako se nabijala na njega. Uhvatila ga je za dupe obema rukama i oslonila se na njega dok ga je gutala. Mislila je da nikad neće stići do kraja, da neće moći da ga proguta, koliko god to želela. Zatvorila je oči kad ga je osetila duboko u grlu, a onda se još više nabila. Zastala je kad je osetila kako joj nos dodiruje njegov stomak. Nekoliko trenutaka ostala je tako a onda se polako vratila unazad. Izvadila ga je iz usta i progutala pljuvačku. Ponosno je podigla pogled očiju vlažnih od suza. Prijao joj je njegov osmeh i iznenađen pogled. Znala je da nije imao puno devojaka koje su mogle da ga potpuno progutaju.

Ponovo ga je polako uzela u usta i počela da ga puši. Nije ga više gutala do kraja, samo ga je jednom rukom držala za kurac dok mu je pušila. Još je osećala kako joj se pljuvačka sliva niz bradu dok se sve brže nabijala na njega. Želela je da oboje svrše još jednom. Drugom rukom je i dalje brzo trljala svoj klitoris.

Kada je osetila njegove ruke na svojoj glavi, znala je da oboje neće dugo izdržati. Kurac u njenim ustima je počeo da podrhtava i njena usta je ubrzo ispunila topla sperma. Njegovi dlanovi su je čvršće stegnuli i ona je prestala da pomera glavu. Otvorila je usta širom i pustila ga je da se polako nabija kurcem u nju dok svršava. Topla tečnost izazvala je novo uzbuđenje u njoj i ona je osetila kako je blizu vrhunca.

Njegovo drhtanje je prestalo i polako se povlačio iz njenih usta. Ali nije želela da ga pusti. Blago ga je uhvatila zubima, dajući mu do znanja da ga i dalje želi u sebi. Drugom rukom ga je zgrabila za dupe i povukla ka sebi. Želela je da svrši sa njim u ustima. Popustila je stisak zuba kad je osetila da ga neće izvaditi. Obuhvatila ga je usnama i prepustila se uživanju.

Zatvorila je oči kad je osetila navalu energije iz svoje vrele pičke. Tresla se čitavim telom dok joj je kurac i dalje bio u ustima. Činilo joj se da je drugi orgazam bio još snažniji, kao da je to što je imala kurac u sebi činilo da se više uzbudi. Polako je usnama prelazila preko kurca dok je drhtala pred njim i uživala.

Otvorila oči i ustala kad je svršila. Oboje su u tišini navukli pantalone, on joj je pomogao oko popravljanja košulje. Onda su se ležerno naslonili na zid, izbegavajući da gledaju jedno u drugog. Toliko godina su proveli kao komšije i sad nisu znali kako da se ponašaju. Danijela je prišla vratima, ponovo nekoliko puta pritisnula dugme a onda se ponovo naslonila na zid.

"Sva sreća pa sam se zaglavila sa tobom"

Oboje su se nasmejali. Danijela je pogledala ka vratima a onda ka Lazaru.

"I, šta sad? Da lupamo u vrata?"

Lazar je neko vreme razmišljao da li da joj kaže, a onda je izvadio svoju napravu iz džepa i pritisnuo dugme. Istog trenutka, lift je krenuo. Danijela ga je iznenađeno posmatrala širom otvorenih usta. Nije mogla da se pomeri, nije znala šta da kaže. Kad je lift stao na njenom spratu, zavrtela je glavom, nasmejala se i krenula napolje. Na izlazu je zastala i vratila se do njega. Pogledala ga je u oči i poljubila u obraz. Onda je izašla.

Lazar je sutradan došao ranije ispred zgrade. Iako nije bilo puno razloga za to, nije bio mnogo zadovoljan scenom iz lifta. On nije hteo ozbiljnu vezu i nije očekivao mnogo. To i jeste bila čitava ideja sa liftom. Ipak, posle toliko meseci apstinencije, pomalo ga je nerviralo to što mu se nije sasvim predala. Nije navikao na to. Zbog toga je odlučio da ne pokušava ni sa jednom drugom dok od nje ne dobije sve. Nije bio sakriven ispred zgrade u vreme dok je dolazila, više nije bilo potrebe za tim. Stajao je ispred ulaznih vrata. A onda kad je ugledao, znao je da će tog dana biti drugačije.

Danijela je žurnim korakom išla ka zgradi. Jedva je čekala da ga vidi. Osećala je grižu savesti nakon što je shvatila da ono zaustavljanje lifta nije bilo slučajno. Pre toga, ona je mislila da bi se ono u liftu desilo bilo kojoj drugoj, samo da je bila na njenom mestu. Onda je shvatila da on nije želeo da je iskoristi samo zato što se našao u takvoj situaciji. On je napravio tu situaciju. Samo zbog nje. To što je zaustavio lift baš u trenutku kad je ona bila tu, značilo je da je želeo baš nju.

Laskalo joj je što se toliko potrudio zbog nje. Pogotovo zbog toga što je i ona njega želela. Zbog toga je osećala kao da mu nešto duguje. Kao što je uostalom dugovala i sebi. Zbog toga je već bila odlučila da će tog dana biti drugačije. I to je želela da mu unapred i pokaže. Obukla je kratku, široku suknju koja se lako podiže. Na poslu je pred polazak kući skinula gaćice i tako je krenula ka njemu.

Nasmešila se kad je videla da je čeka ispred zgrade. Znala je da će umeti da prepozna zbog čega je obukla suknju. Dok mu je prilazila pažljivo ga je osmotrila. Ovaj put ga je slobodno odmerila i zadovoljno konstatovala da su oboje spremni. Pogledali su se, on ju je pustio ispred sebe i zajedno su ušli u zgradu.

A onda su zastali na ulazu, iznenađeni onim što su videli. Ispred lifta stajala je Ana, plavuša sa sprata iznad njenog. Srdačno je pozdravila Danijelu, koja je bila nešto manje srdačna kad ju je videla. Danijela ih je upoznala i dok su čekali lift, plavuša Ana je neprekidno pričala.

Oba lifta su stigla u isto vreme, a samo jedan je imao Lazarovu napravu. Njih dvoje su se pogledali kad ih je Ana rukom pozvala u lift kojeg je Lazar preuredio. Ušli su i on je zauzeo svoje mesto u pozadini. Posmatrao je dve devojke ispred sebe. Jedna od njih je bila spremna za njega, a drugu nije poznavao. Nije želeo ništa da pokušava sa njom. A opet, bilo mu je žao da čeka još jedan dan na Danijelu.

Ana je i dalje pričala. Povremeno bi postavila neko pitanje na koje bi Danijela kratko odgovorila. Nisu se okretale. Zbog toga je Lazar smelo pomerio ruku i uhvatio Danijelu za dupe. Video je koliko se jako trgnula, iznenađena njegovim dodirom. Mogla je da pretpostavi koliko je želeo, ali nije znala da je toliko smeo. Ana nije ništa primetila. I dalje je pričala dok je on pohodno gnječio Danijelino dupe. A onda više nije izdržao. Zaustavio je lift.

Dve devojke su se istog trenutka okrenule ka njemu. Obe iznenađene, svaka na svoj način. Ana ga je gledala pomalo uplašeno, očekujući od njega da preuzme inicijativu i učini nešto da reši problem. Danijela je delovala iznenađeno, kao zaverenik, neko sa kime deli neku tajnu, očima ga je pitala zbog čega je to sad uradio. Lazar je smireno prišao interfonu i pritisnuo dugme. Znao je da ne radi. Zbog toga što ga je sam bio isključio nekoliko dana pre toga.

“Halo? Halo?”

Kad niko nije odgovorio, slegnuo je ramenima i pogledao plavušu.

“Možda je pametnije da čuju ženski glas”

Ana se približila interfonu i pritisla dugme. Bila im je okrenuta leđima.

“Halo? Ima li koga?”

Lazar je bez imalo oklevanja zgrabio Danijeline sise. Izvila se u stranu da bi ga videla, a onda ga je uhvatila za kurac. Nasmešila mu se i šapnula.

“Ti si lud”

Uzvratio je osmeh i klimnuo glavom. Onda je polako ponovo stao iza nje. Oboje su posmatrali Anu koja im je bila okrenuta leđima. Stavio je ruku na Danijelino dupe, malo ga je stegnuo i onda prelazio dlanom preko njega. Znao je da tog dana neće dobiti ništa, ali će uzeti barem ono što može.

Danijeli je prijalo da ponovo oseti njegovu snažnu ruku na sebi. Ponovo je pružila ruku unazad i uhvatila ga za kurac. Ugrizla se za usnu da ne bi uzdahnula. Osetila je kako sokovi cure iz nje. Bila je spremna za njega odavno. Shvatila je da se previše uzbudila, i da nije vreme za to, pa je uplašeno povukla ruku nazad. Lazarova ruka je pokušala da joj zadigne suknju. Okrenula je profil ka njemu.

"Nemoj to da radiš"

Ana se okrenula, misleći da je to njoj bilo upućeno.

"Što? "

Danijela je pogledala.

"Očigledno ne vredi sad, samo gubiš energiju. Možda da sačekamo malo... "

Ana je slegnula ramenima. Baš u tom trenutku, lift je ponovo krenuo. Plavuša je oduševljeno podigla ruke u vazduh.

"Ura. Kao da su nas čuli"

Danijela se okrenula i pogledala Lazara sa zahvalnošću. Izgledao je kao da je prihvatio neminovnost. Lift je stao na njenom spratu, ona se pozdravila i izašla. Lazar je neko vreme razmišljao da li da ponovo zaustavi lift sa Anom. Izgledala je dobro, imala je velike sise i bila je poželjna. Njegov kurac je bio podignut i bio je siguran da je želi. Ali nije znao da li ga ona želi, i nije želeo da to proverava. Zbog toga se samo pozdravio sa njom i otišao u stan. Želeo je samo da ga izdrka misleći na Danijelu.

Čim je Danijela ušla u stan, potražila je svoj omiljeni dildo. Počela je da ih kupuje još pred kraj braka i već je imala pozamašnu kolekciju. Znala je da mora da masturbira, bila je previše uzbuđena. Već je dovoljno želela Lazara i pre nego što su se sreli, a to što je osetila njegove ruke na sebi bilo je previše. Preturala je po fioci tražeći silikonsku zamenu za njega. Neko vreme je razmišljala koji da odabere, a onda se opredelila za najveći.

Čim ga je uzela u ruku razočarala se kad je osetila da to nije prava zamena. Tada je shvatila da je pogrešila što mu nije uzela broj telefona u liftu. Ma koliko joj je to izgledalo glupo pred komšinicom, trebalo je da mu traži broj.

A onda je shvatila da zna gde on živi. Otprilike. Barem je bila sigurna koji je njegov sprat. Računala je da može da pogreši samo nekoliko stanova, ali u jednom od tih stanova će sigurno biti on. Vratila je dildo u fioku, prišla je ogledalu i pogledala se. Popravila je frizuru, skinula brushalter i brzo napustila stan.

Na njegovom spratu bez razmišljanja je pritisnula zvono prvog stana. Tek tada je shvatila da nije bila sigurna ni kako se on zove. Dok je razmišljala šta uopšte da pita, vrata su se otvorila. Uzdahnula je s olakšanjem je videla da je to on. Primetila je da je crven u licu i da njegova košulja nije sasvim zakopčana. Spustila je pogled i videla ogromnu izbočinu između njegovih nogu. Nasmešila se zadovoljno kad je shvatila da se i on spremao da drka. Otvorio je širom vrata i glavom joj pokazao da uđe. Posmatrala ga je neko vreme oklevajući, a onda je odmahnula glavom. Stala je pored lifta i pogledala ga. Lazar se nečeg setio.

"Čekaj"

Ušao je unutra po svoj uređaj i vratio se nazad. Na vratima ga je čekala Danijela Gledala ga je širom otvorenih očiju. Nije mogla da sačeka. Uhvatila ga je između nogu i polako mu otkopčala šlic. Uzela je kurac u dlan, nekoliko puta je dlanom prešla preko njega, a onda se okrenula i polako ga povukla za sobom ka liftu. Dok su čekali lagano mu je drkala. Ušli su unutra i zauzeli početnu pozu na koju su navikli. Hteli su da igraju istu igru kao na početku. Ona je stala ispred njega i pritisnula dugme najvišeg sprata. Lazar je uhvatio za dupe i posmatrao kako joj se suknja podiže dok je rukama gnječi. Onda je zaustavio lift. Danijela ga je ponovo uhvatila za kurac i počela da ga drka.

Ali bili su previše uzbuđeni da bi ponovo organizovali predigre. Lazar joj je malo podigao suknju i zavukao ruku ispod nje. Znao je da se neće dugo igrati kad je osetio da ne nosi gaćice. Ona se ponovo naslonila leđima na njega, okrenula mu je profil.

"Jebi me, odmah"

Uhvatio je za bokove i okrenuo licem ka ogledalu na zidu. Zadigao joj je suknju do struka i blago joj gurnuo ramena napred. Dok se ona nameštala da ga primi, zavukao je ruku u džep i izvadio kondom. Stavio ga je i samo pustio da mu pantalone padnu do članaka. Nije imao vremena da ih skida. Danijela je u ogledalu posmatrala šta radi. Drhtela je od uzbuđenja dok je čekala da uđe u nju. Toliko dugo je želela da ga oseti u sebi da joj se činilo da će svršiti i pre nego što se to desi.

Lazar joj prebacio suknju preko leđa. Prišao joj je bliže i nekoliko puta joj glavićem pomilovao usmine. A onda ga je gurnuo unutra. Polako ali snažno, do kraja. "Konačno", oboje su pomislili. Danijeli se zavrtelo u glavi kad ga je osetila u sebi. Kurac ju je potpuno ispunio i uživala je u tome. Onda je počeo da se pomera u njoj.

Dodirnula je klitoris i počela da ga brzo trlja. Znala je da neće dugo izdržati. Pogledala je u ogledalo i videla koliko je i on napaljen. Imao je oznojano lice i isti onaj uzbuđeni izraz kao kad je je prekinula u drkanju. Zamislila ga je kako u svojoj sobi, bez majce, oznojanog tela drka dok razmišlja o njoj, kako mu se mišići grče dok svršava zbog nje. I to joj je bilo dovoljno, osetila je kako je orgazam preplavljuje.

Nabijala se snažno na njegov kurac, pomerala je bedra ka njegovim kukovima i trljala svoju vrelu mačkicu. Ponovo ga je pogledala dok je svršavala i tek tada videla da i on svršava u njoj. Držao je čvrsto za bokove i snažno se nabijao. Posmatrao je u oči dok je svršavao i nije prekidao sve dok se nije potpuno ispraznio.

Uspravila se kad su njegovi pokreti prestali. Još uvek je imala kurac u sebi i njegova tvrdoća joj je govorila da mu nije bilo dovoljno. Okrenula je profil ka njemu i poljubila ga. Milovala je pičku dok je u ogledalu posmatrala kako izgledaju. Skoro da nije moglo da se primeti da su se upravo jebali i da i dalje ima njegov ogroman kurac u sebi. Prednji deo njene suknje bio je spušten a bela košulja potpuno zakopčana. Bez problema su mogli da naprave selfi i okače ga na Fejsbuk. Izgledalo je kao da se samo grle.

Njegove ruke su još uvek bile na njenim bokovima. Pomerio ih je ka stomaku, milovao ga a zatim podigao dlanove ka sisama. Uzeo ih je čvrsto i zadovoljno zastenjao kad je osetio da ne nosi brushalter. Mogao je da oseti njene očvrsle bradavice kroz košulju dok joj je stiskao grudi. Gledala ga je kako nespretno pokušava da otkopča dugmad, ali mu nije baš išlo. Uhvatio je obema rukama ivice košulje i pogledao je upitno. Trepnula je polako i dala mu dozvolu.

Snažno je povukao košulju i pokidao dugmad sa nje. Glasno je zastenjala kad je videla kako je naglo pocepao, i sise koje su se zatalasale, slobodne ispred njihovih očiju. Odavno je želela da joj neki muškarac to uradi. Osetila je njegovu snažnu muževnu želju. Zatvorila je oči kad je zgrabio za grudi, počela je da pomera bedra dok joj je gnječio sise.

Ponovo je gurnuo napred ka ogledalu. Nagnula se i pustila da joj sise slobodno vise dok je jebao. Onda je osetila kako je njegova ruka zgrabila za butinu. Podigla je nogu malo, on je još čvršće uhvatio i podigao joj nogu do svojih kukova. Drugu ruku je držao ispod njenog struka. Stajala je samo na prstima jedne noge i osećala kao da lebdi dok je jebao.

Onda su začuli lupanje. Nekome je smetalo što lift stoji. Nekoliko trenutaka nisu obraćali pažnju na to, a onda je Lazar usporio i sasvim prestao. Odmahnuo je glavom i polako izvadio kurac iz nje. Upitno ga je gledala dok je pritiskao dugme najbližeg sprata. Brzo je pokrila sise pridržavajući košulju rukom. Nadala se da nikog neće biti ispred lifta kad se vrata otvore.

Lazar je uhvatio za ruku i poveo napolje. Okrenuo je leđima ka zidu i ponovo ušao u nju dok su se vrata lifta zatvarala. Raširila je noge da ga bolje primi i ponovo se uhvatila za svoju mačkicu. Ljubio je dok joj je gnječio sise. Ona je sve brže trljala klitoris. Drugom rukom ga je zgrabila za dupe, želela je da svrši sa njegovim kurcem u sebi.

A onda su začuli korake na stepeništu. Uplašeno je otvorila oči. Izgledalo je kao da Lazar ne brine puno o tome, ali ona nije želela da je komšije uhvate dok se jebe na hodniku. Rukama mu je dodirnula grudi i blago ga odgurnula. Malo se propela na prste i polako se skinula sa njegovog kurca.

Želela je da se sklone što pre, ali već je bilo kasno. Videli su kako se uz stepenice penjala Ana. Gledala je dole dok je koračala, a onda je odjednom podigla pogled. Raširila je oči kad ih je ugledala. je spuštenih pantalona stajao između Danijelinih raširenih nogu, čija je suknja i dalje bila podignuta. Njena košulja je bila raširena i Ana je lepo mogla da vidi njene gole sise. Oboje su je posmatrali, pitajući se šta će da uradi. Ana ih je neko vreme nepomično ćutke gledala, a onda se okrenula i polako vratila stepenicama dole.

Lazar se okrenuo ka Danijeli čekajući da vidi njenu reakciju. Neko vreme su se gledali, a onda je ona slegnula ramenima.

"Ma, baš me briga"

Uhvatio je za ruku i poveo ka stepenicama koje vode gore. Usput je skinuo kondom i bacio ga u korpu. Lazar je prvi krenuo gore, ali se onda predomislio. Zastao je i nju pustio prvu. Koketno mu se nasmešila dok je prolazila pored njega. Pljesnuo je po dupetu i pošao za njom. Znala je gde je vodi. Išli su ka njegovom stanu gde će nastaviti jebanje.

Jednom rukom je zadigla suknju, potpuno mu otkrivajući svoje dupe a drugom rukom se ponovo uhvatila za pičku. Polako je drkala dok je hodala stepeništem, zavodljivo vrteći kukovima pred njegovim očima. Okrenula se da vidi da li mu se to sviđa.

Lazar nije skidao pogled sa njenog dupeta. Držao je kurac u ruci i polako pomerao dlan po njemu dok je hodao. Uhvatio je za ruku, zaustavio i stao pored nje. Stavio je ruku na njen potiljak i blago je povukao na dole. Savila se u struku, uzela kurac u ruku i nabila se ustima na njega.

Pretpostavljala je zbog čega je to želeo. Videla je kako pohotno joj je gledao dupe. Pušila mu je dok je razmazivala pljuvačku celom njegovom dužinom. Lazar je gledao dok to radi, i dalje je držao za glavu dok je stenjao od zadovoljstva.

"Ovlaži ga dobro"

Nije bilo potrebe da joj to pominje, znala je šta hoće. I ona je to isto želela. Kad je osetila da je spreman, uspravila se. Pogledala ga je a onda je napravila korak na gore i savila se ka njemu. Čvrsto se uhvatila za ogradu dok joj je on zadizao suknju. Znala je da je bila spremna da ga primi, a opet je drhtala od uzbuđenja, znajući koliko je veliki. Ponovo je prstima potražila klitoris.

Osetila je kako joj je prstima raširio guzove. Stavio je glavić na otvor i polako ga gurnuo u nju. Zadržala je dah dok je ulazio a onda počela da stenje. Izgledalo je kao da nema kraja. Gurao ga je i gurao, povremeno bi stao i malo se povlačio a onda opet gurao dublje u nju. Stenjala je sve češće i sve glasnije. Kad je stigao do kraja glasno je kriknula, nije izdržala. Nije više brinula o komšijama, osećaj tog velikog tvrdog kurca u njenom dupetu bio je previše jak.

Lazar je zastao, kao da se pitao da li je sve u redu. Mogla je da oseti njegova jaja na svom dupetu. Činilo joj se da oseća pulsiranje njegovog kurca u celom stomaku.

"Tako je dobro..."

Počeo je da se pomera, polako ga je izvlačio i ponovo nabijao u nju. Nije više išao celom dužinom, vadio ga je santimetar ili dva i onda ga vraćao u nju. Odgovaralo joj je to. Želela je da ga oseti celog u sebi, volela je taj osećaj ispunjenosti i dodir njegovog stomaka na svom dupetu.

Opuštala se sve više i kratki udarci njegovih bedara su bili sve snažniji. Osećala je kako joj njegova velika jaja dodiruju usmine svaki put kad se nabije u nju. Gurao je ka ogradi sve jače i brže a njeni prsti su po klitorisu pratili isti ritam. Počela je da svršava onda kad je osetila kako se topla sperma izliva duboko u njoj. Glasno je stenjala, činilo se da će se onesvestiti dok je svršavala. Njegova bedra su je brzo udarala od pozadi dok je prskao unutar nje.

Otvorila je oči nakon što je orgazam prestao da je trese. On je polako počeo da ga izvlači napolje. Činilo joj se kao da joj već nedostaje. Okrenula se ka njemu, uhvatila kurac u ruku i pogledala ga. Lazar joj je uzvratio pogled.

"Čaj? Kafa? Soda, voda?"

Danijela je klimnula glavom. Uhvatio je za ruku i poveo ka vratima svog stana. Danijela je znala da će ga jebati još, ali je znala i da je došlo vreme da konačno potraži novog momka.

# Stari prijatelji

Lazar je bio zadovoljan svime što se desilo sa Danijelom To je bilo prijatno iskustvo i dobar seks, ali više od toga, bilo mu je drago što je ponovo osetio da je onaj stari. Još uvek je mogao da zavede i zadovolji devojku, to je talenat kojeg nije izgubio. Znao je da će sa Danijelom moći da bude još, dokle god im to oboma odgovara, ali morao je da potraži novo osvajanje i novo uzbuđenje.

Nekoliko dana proveo je tražeći novu "žrtvu" u ulazu zgrade. Imao je nekoliko potencijalnih devojaka u vidu, ali nije žurio. Uživao je u traganju. Razgovarao je sa devojkama, flertovao sa njima i procenjivao koja od njih ga želi. Još uvek je imao Danijelu svaki dan i nije morao da po svaku cenu traži novu.

Dok je šetao ispred zgrade čekajući da se pojavi neka od komšinica, primetio je Anu, plavušu od pre neki dan. I dalje nije znao da li ga ona želi. Posmatrao je kako korača. Bila je obučena u široku šarenu haljinu i mogao je jasno da vidi njena snažna kolena i listove kako se pojavljuju ispod haljine. Velike grudi su joj se slobodno njihale ispod šarenih cvetića dok je koračala. Lazar je osetio kako mu se kurac diže dok je gleda, pa je požurio da je stigne. Znao je da neće ni saznati da li ga želi ukoliko joj ne bude u blizini.

Polako je ušao u zgradu i shvatio da ima vremena. Stajala je ispred lifta čekajući da dođe. Okrenula se ka njemu kad je čula korake i nasmešila se. Uzvratio joj je osmeh i klimnuo glavom.

"Baš lep dan danas"

Nije smislio ništa pametnije. Ana je klimnula glavom.

"Da, mnogo je toplo, morala sam da obučem ovu haljinu"

Lazar je bio zadovoljan što je dobio opravdanje da je dobro odmeri iz blizine. Okrenuo se ka njoj, odmerio joj gole noge, prešao pogledom preko bele haljine sa cvetićima i zagledao se u velike sise. Lepo je mogao da vidi da ispod haljine ne nosi brushalter.

"Lepa je haljina"

Začulo se zvono i vrata su se otvorila. Lazar je pustio da Ana prva uđe a zatim krenuo za njom.

“A i dobro ti stoji”

“Hvala. Mada... Čini mi se da mi previše ističe sise”

Obe ruke je stavila ispod svojih grudi, uhvatila ih i podigla.

“Šta ti misliš?”

Lazar nije znao šta da kaže. Nepomično je stajao, potpuno iznenađen odgovorom. Nije znao da li je on posledica gluposti, ili neveštog nabacivanja. Gledao je u podignute sise, postavljene kao na tacni pred njim, i razmišljao o tome šta da radi kad se vrata zatvore i lift krene. Onda su se vrata zaustavila usred zatvaranja. Pogledao je i video nečiju ruku na njima. Vrata su se ponovo otvorila i iza njih se pojavila nasmejana brineta.

“Izvinite”

Koraknula je u lift ne gledajući ih više. Lazar je posmatrao devojku očiju širom otvorenih od iznenađenja.

“Jelena?”

Pogledala ga je, nekoliko trenutaka ne menjajući izraz, a onda je raširila usne u veliki osmeh.

“O, Bože... Lazar?”

Zagrlili su se i poljubili.

“Otkud ti? Kad si stigla?”

Slegnula je ramenima i pokazala na torbu.

“Baš sad”

Tek tad je primetio da za sobom vuče veliku torbu, na kojoj su još uvek stajale nalepnice sa aerodroma.

“I koliko ostaješ?”

“Došla sam da vidim roditelje. Biću ovde još neko vreme”

Lazar je klimnuo glavom. Lift se zaustavio i Ana je izašla napolje. Mahnuo joj je a onda se opet okrenuo ka Jeleni.

“Bilo bi lepo da se vidimo. Imaš vremena ovih dana?”

“Za tebe, naravno da imam. Danas samo hoću da se odmorim, mrtva sam umorna, a već sutra možemo...”

“Odlično. Doći ću po tebe pa ćemo da odemo negde na piće”

Vrata su se otvorila. Jelena mu je prišla, poljubila ga još jednom i krenula napolje.

"Sutra onda..."

U hodniku je zastala i ponovo se okrenula. Taman na vreme da vidi kako je pogledom odmeravao dok je hodala.

"Drago mi je što sam te videla"

Lazar nije imao nikakvu dilemu. Sledeća sa kojom će pokušati biće Jelena. Samo nju neće moći tek tako da spopadne u liftu. Ona nije bila bilo ko. Proveli su detinjstvo zajedno i previše dugo se poznavali da bi tek tako mogao da je tretira kao još jednu od njegovih devojaka. Što naravno, nije značilo da je neće startovati u liftu. Ali, morao je da prvo bude potpuno siguran da ga ona želi.

Sutradan je došao u zakazano vreme ispred njenih vrata. Osećao je uzbuđenje, kao da je dolazio po svoju prvu devojku da je vodi na sastanak. Što je i imalo nekog smisla. Jelena je bila prva devojčica sa kojom se ljubio. Bilo je to davno, naivno i dečije, još u osnovnoj školi. Nekoliko meseci su se ponašali kao momak i devojka a onda je došla srednja škola. Razdvojili su se i više nikad nisu pričali o tome.

U tom trenutku, dok je stajao ispred njenih vrata, sređen i namirisan, osećao se kao da su nastavljali tamo gde su stali. Srce mu je ubrzano zakucalo kad je pozvonio.

Pozdravio se sa njenim roditeljima i ispričao sa njima dok je čekao na nju. Dugo ih nije video i činilo mu se da im je drago što njih dvoje izlaze zajedno. Smeškali su se i delovali kao da misle da je ovo nastavak dečijih druženja. Kad se ona pojavila, pozdravili su se sa njenim roditeljima i izašli napolje.

Bilo mu je drago kad je video da se i ona sredila za izlazak. To mu je pokazalo da nije mislila da je to običan izlazak na piće u komšiluk. Sredila se kao da ide na pravi sastanak. Imala je belu usku suknju, beli otmeni bolero i crnu košulju ispod toga. Čak je stavila i lepu ogrlicu od nečega što mu je ličilo na bisere.

Noć je polako padala dok su koračali. Razmišljao je o tome kako je ona uvek bila nekako ozbiljna, nedodirljiva i tek tad shvatio da uopšte ne zna koji je njen tip muškarca. Nekoliko puta je video da ju je neko dopratio do zgrade, ali nikad nije previše obraćao pažnju na to. Tek tad je shvatio da mu je delovala previše fino za njegove uobičajene avanture. Nije znao odakle mu uopšte ideja da bi mogao da je tek tako startuje u liftu.

Znao je gde je vodi. Mislio je da bi razgovor u tihom restoranu hotela u kome je radio mogla da bude dobar početak. Sat vremena kasnije, već su razmenili priče o tome šta su radili proteklih godina. On je saznao da je provela lude godine na fakultetu, da je tek tamo uspela da se opusti u ljubavi sa muškarcima i da je nakon toga spoznala da zapravo voli žene. Lazar je sumnjičavo vrteo glavom.

“Ne znam. Ne mogu da te zamislim sa devojkom”

“Nadam se da i ne pokušavaš”

Nasmejali su se.

“Znaš šta mislim. Nekako mi je čudno”

Jelena je zamišljeno vrtela čašu crvenog vina.

“Nisam ja nikad ni bila previše srećna sa momcima. Osim u detinjstvu, naravno”

Gledali su se neko vreme sećajući se druženja iz detinjstva.

“I koliko dugo si samo sa devojkama?”

“Još od fakulteta. Znači dugo”

Lazar je neko vreme razmišljao.

“I od tad, baš ni jednog momka...”

“Baš si dosadan”

Jelena je zgužvala salvetu i bacila je na njega. Ćutali su neko vreme.

“A šta je sa tvojim devojkama?”

“Kako misliš?”

“Pa uvek si imao gomilu nekih veselih, napaljenih i uvek spremnih riba”

“A to”, Lazar je otpio malo vina “Malo sam se smirio od tad”

“Ma da, sigurna sam da jesi”

Nasmejali su se. Lazaru se Jelena ponovo svidela, tog puta drugačije nego u detinjstvu. Odrasla je u poželjnu ženu i napetost između njegovih nogu ga je podsećao na to da je želi.

“Hej”, progovorio je kao da se setio nečega “Hoćeš da ti pokažem kakav je pogled sa vrha hotela?”

Jeleni je prijalo druženje sa Lazarom više nego što je sebi smela da prizna. Nije ga videla puno godina i u sećanju joj je ostao pomalo kao dečak, a pomalo kao srednjoškolac koji je jurcao za svakom suknjom koja mu je bila blizu. Iznenadila je samu sebe kad ga je ugledala, iznenadila je njena reacija na njega. Izgledao je mnogo ozbiljnije nego pre, i dobio crte lica koje samo iskustvo može da napravi.

Nije mogla da kaže da je bio muževniji. Uvek je bio takav. Samo je nešto činilo da joj izgleda još muževniji i poželjniji. Nije znala da li joj se to činilo jer je stvarno takav ili zbog toga što dugo nije bila sa muškarcima. Kako god bilo, iznenadilo je to što je u njegovom društvu osetila uzbuđenje, onakvo kakvo godinama nije osećala pored nekog muškarca.

Dok su prolazili kroz hotel pitala se gde je to vodi. Znala je da nije štos samo u pogledu sa hotela. Oboje su rođeni u tom gradu i oboma im pogled na grad odavno nije predstavljalo ništa zanimljivo. Osim toga, već su prošli pored nekoliko liftova u koje nisu ulazili. Prošli su još nekoliko hodnika u kojima je bilo sve manje gostiju hotela, sve dok nisu stali pred lift u potpuno praznom hodniku. Lazar je pritisnuo dugme.

"Najbolje je ići ovim. Nema gužve, a vozi do samog krova"

Ušli su u lift i naslonili se na zid jedno naspram drugog. Ćutke su se posmatrali. Jelena nije mogla a da ne primeti veliku izbočinu između njegovih nogu. Činilo joj se da je baš bio srećan što je vidi. I bilo joj je drago zbog toga. Na kraju krajeva, te večeri se i sredila zbog njega. Nije želela da ga zavede, samo je htela da lepo izgleda za njega.

Ali definitivno nije očekivala da te večeri vidi njegovu erekciju zbog nje. Nije znala šta da radi sa tim. Ipak, bilo joj je drago što on to nije ni pokušavao da sakrije od nje.

Odjednom, jednoličan zvuk vožnje lifta je prestao. Kabina se zatresla na kratko, i on je stao. Jelena ga je zbunjeno pogledala.

"Šta je ovo?"

Lazar je slegnuo ramenima, delovao je razočaran.

"Ne mogu da verujem"

Pritiskao je dugmad spratova i dugme alarma.

"A baš sam se spremao da ti pokažem najbolji pogled..."

Jelena ga je posmatrala dok je lupao po tabli. A onda se opustila. Setila se. Previše dobro ga je poznavala da bi mogao da je prevari.

"I šta kažeš, ti ovde radiš kao šef mehaničara za lift?"

"Ma da, sad će oni da dođu. Ima da ih izribam... Sramota"

Smeškala se dok ga je posmatrala kako glumi bes.

"I kako to ide?"

"Šta?"

"Stvarno, baš me zanima. Dovedeš devojku ovde, onda zaglaviš lift... Jel se on sam zaustavi na određenom mestu, ili ga ti ručno zaustaviš?"

Lazar je gledao nekoliko trenutaka praveći se da ne zna o čemu priča, a onda je shvatio da nju ne može da laže. Nasmejao se i slegnuo ramenima. Zavukao je ruku u džep i izvadio mali uređaj za daljinsko upravljanje. Jelena je zadovoljno klimnula glavom.

"Dobra je fora. I jel ti uspeva to?"

"Uspeva kod onih koje i same hoće. Ova situacija" pogledao je okolo, "Služi samo da pomogne u boljoj koncentraciji pažnje. Na ono što je važno"

"Ako se dobro sećam, ranije ti nije bilo potrebno da praviš takve situacije"

"Ne treba mi ni sad. Ali ovako je zanimljivo"

Jelena je ćutala. Nije mogla a da se ne složi s tim. Stajali su sami u liftu, potpuno odvojeni od ostatka sveta. Potpuno je razumela devojke koje su bile sa njim u liftu, a nisu znale za njegov trik. Situacija je bila drugačija, neizvesna, pomalo opasna. Nisu znale šta se desilo, ni kad će izaći, a pored njih je bio muževan, visok i snažan muškarac, spreman da im bude oslonac i uteha. Nije bilo nikakve šanse da mu odole.

Progutala je knedlu i nekako nesigurno progovorila.

"I kako si zamislio da bude sa nama?"

Lazar je raširio ruke, kao da se pravda.

"S tobom je drugačije"

"Ma da, ta ti je dobra..."

"Ne stvarno, znaš i sama"

Klimnula je glavom. Osetila je da je iskren. Lazar je posmatrao a onda joj polako prišao.

"Trebalo je da tebi priđem, ovako, pa da te zagrlim, kažem da će sve biti u redu, onda bih ti stavio ruku na rame..."

Jelena je osećala kako joj od njegove blizine telo postaje toplije.

"... pomilovao te po kosi, ti bi me onda pogledala pravo u oči i ja bih te ovako..."

Poljubili su se u liftu. Jelena je osećala da joj kolena klecaju. Baš onako kako su klecala kad ga je prvi put poljubila. Obuhvatila ga je rukama i potpuno se izgubila u njegovom zagrljaju. Nije znala koliko je poljubac trajao, ali kad je otvorila oči, činilo joj se da svet izgleda potpuno drugačije. Sve je bilo mnogo mirnije i sigurnije sad kad je on držao. Nekoliko minuta su se nežno milovali i dodirivali usnama. A onda joj je kroz glavu prošla misao da se zaljubila. I to je razbudilo. Protresla je glavu i malo se odmaknula od njega.

"Izvini, ne mogu... Mene ne možeš da imaš"

Lazar je i dalje mirno grlio.

"Sve je u redu. To sam ja"

Jelena se ponovo opustila. Prijao joj je njegov zagrljaj, osećaj njegovih mišića na sebi, i odlučila je da se prepusti tome. Pa šta ako više nije bila sa muškarcima? Lazar za nju nije bio običan muškarac. Čvršće ga je zaglila i još više se pribila uz njega.

A onda je na svojim bedrima osetila njegov čvrst kurac. Trgnula se na kratko, želeći da se udalji, ali se nije dala tom osećanju. Umesto toga, još više se pribila uz njega. Želela je da posle dugo vremena uživa u osećaju tvrdog kurca na sebi. Onda je Lazar počeo da pomera kukove napred nazad, i njegov veliki ud se trljao o nju. Podigla je pogled, ali se nije odmicala.

"Mene ne možeš da tucaš"

Lazar joj je uzvratio pogled.

"To ćemo još da vidimo"

Jelena se ponovo naslonila na njega. I dalje se trljao o nju a onda se spustio malo niže. Njegov kurac je pritiskao preko suknje, polako je prelazio preko njenih usmina, milujući joj i klitoris. Osetila je kako počinje da drhti pod njim. Trpela je uzbuđenje dok je mogla a onda ga je blago odgurnula. Podigla je pogled, gledala ga je u oči dok mu je obema rukama otkopčavala šlic. Kad ga je osetila u ruci, kleknula je ispred njega.

Iznenadila se kad je videla kurac ispred svog lica. Ispao je iz bokserica i nekoliko puta poskočio pred njenim licem. Osećala se kao da je videla starog prijatelja, nekog za koga je potpuno zaboravila koliko joj je drag. Nekoliko trenutaka u njenoj svesti ništa nije postojalo. Ni svet, ni lift, ni Lazar. Samo taj veliki kurac koji se radosno njihao ispred njenog lica.

Obuhvatila ga je dlanom i shvatila da sve i kad bi htela, on ne bi mogao da uđe u nju. Godinama nije bila ni sa jednim muškarcem i delovalo joj je nemoguće da nakon tolikog vremena primi nešto tako veliko u sebe.

Oprezno mu je prišla i poljubila ga. Prislonila je usne na njega, polako ih raširila i gurnula glavu napred. Pustila je da joj njegov tvrdi glavić uđe u usta. Neko vreme je uživala u zaboravljenom osećaju a onda je počela da ga oblizuje jezikom u ustima. Osetila je Lazarove velike dlanove na svojoj glavi i znala je da mu to prija. Bez puno razmišljanja, obema rukama je zadigla svoju usku suknju i zavukla jednu ruku u gaćice. Tek kad je videla koliko je vlažna shvatila koliko je uzbuđena. Njena mala mačkica je želela njegov kurac, ma šta ona o tome mislila.

Dok je jednom rukom polako prelazila preko usmina, drugom je uhvatila Lazara za dupe. Izvadila je kurac iz usta, progutala pljuvačku i podigla pogled na gore. Procenjivala je koliko mu se to sviđa dok je on posmatrao poluzatvorenih očiju.

Spustila je glavu i ponovo progutala glavić. Držala ga je usnama, a onda ih raširila, udahnula vazduh i gurnula glavu ka njemu. Čvrsto ga je stegnula za dupe dok joj je kurac ulazio u usta. Želela je da ga čitavog proguta, ali nakon nekoliko trenutaka shvatila je da je to za nju nemoguće. Osetila je kako su joj se oči punile suzama. Izvadila ga je iz sebe i još jednom pogledala. Dok je oblizivala usne od pljuvačke, uzela ga je u ruku i drkala. Izgledao joj je još veći nego ranije.

Lazar joj je i dalje držao ruke na glavi. Posmatrao je dok se oblizuje i nekoliko puta je kurcem pomilovao po licu. Povukao je bliže sebi i drugom rukom joj stavio kurac u usta. Nije mogao više da čeka. Uzdahnuo je od zadovoljstva kad je ona spremno počela da mu puši. Posmatrao je kako se njena kosa brzo pomera dok je to radila.

Jelena nikome nije dugo pušila i uživala je što je imala priliku da se toga podseti. Ispunila je pljuvačku ustima i brzo pokretala glavu. Tek tada je primetila kako se nešto brzo pomera na zidu pored nje. Veliko ogledalo je stajalo preko čitave strane lifta. Malo je okrenula glavu ka njemu. Videla je sebe kako kleči na podu lifta, zadignute suknje, sa rukom u gaćicama i velikim kurcem u ustima. Taj prizor je još više napalio. Gledala je Lazara u ogledalu kako kako je posmatra sa uživanjem dok mu ona puši. Njeni prsti su prešli na klitoris i sve brže ga trljali.

Lazar je odjednom podigao na noge. To je uradio toliko snažno i brzo, da je u jednom trenutku bila sa nogama u vazduhu. Nije znala šta će da uradi, ali se uplašila kad je okrenuo ka ogledalu.

"Ne! Neću. Nemoj"

Lazar je gurnuo unapred i povukao joj kukove ka sebi. Oslanjala se rukama o ogledalo dok je stajala nagužena pred njegovim dignutim i spremnim kurcem. Osetila je strah od pomisli da će joj zabiti taj veliki kurac između nogu. Pokušala je da se uspravi, ali nije mogla.

"Ne želim! Jel me čuješ?"

Brzo joj je skinuo gaćice i skupio joj noge. Onda je uzeo kurac u ruku i gurnuo ga u procep između njenih butina. Spustila je glavu.

Malo se postidela. Kako je uopšte mogla da veruje da bi je Lazar, njen Lazar, ikad uzeo na silu? Njegov kurac se pokrenuo između njenih butina i ona je osetila zadovoljstvo. Nagnula se još dublje napred. Njegov glavić je prelazio preko njenih golih usmina i trljao joj klitoris. Glasno je uzdahnula. Čvrsto se rukama uhvatila za srebrne rukohvate na ogledalu. Malo se pridigla da bi mogla da ih bolje vidi.

Lazar je bio oznojan, otkopčao je košulju. Njegove mišićave grudi i stomak bili su prvo što je primetila. Neko vreme nije mogla da skine pogled sa njega. Tek tada je potpuno postala svesna šta se dešava. Lazar, njena prva ljubav, je jebao. Ne baš bukvalno, ali tako je izgledalo u ogledalu. To je bilo najviše što je mogla da mu da. Bila je srećna što ga je toliko napalila. U detinjstvu je nekoliko puta zamišljala sličnu scenu, i sada se ona dešavala.

Spustila je pogled niže i kao hipnotisana gledala kako kurac ulazi i izlazi između njenih nogu. Lepo je mogla da vidi kako taj veliki kurac prolazi između nogu. Unutrašnjost njenih butina bila je mokra dok je kurac klizio između njih. U tišini lifta, uz njihovo glasno dahtanje, čula je jednoličan zvuk svoje ogrlice. Klatila se na sve strane dok je on snažno bedrima udarao od nazad. Spustila je ruku između nogu, i postavila dlan ispod njegovog glavića. Pritisnula ga je još više uz svoj klitoris. Onda je osetila kako vrhunac dolazi. Oslonila se glavom na ogledalo i zgrabila ga drugom rukom za košulju.

"Brže. Brže!"

Jasno je čula kako zvuk ogrlice postaje sve brži. Savila je kolena i stegnula butine čvrsto oko njegovog kurca dok joj se telo treslo od orgazma. Osetila je njegove čvrste ruke na svojim kukovima i topli kurac između nogu. Prislonila je čvrsto njegov tvrdi glavić uz sebe, trljala je klitoris o njega dok je svršavala.

Njeno telo je klonulo. Odavno nije osetila tako nešto. Sagnula je glavu ubrzano dišući i ostala tako nekoliko trenutaka. Onda je ponovo dlanove stavila na rukohvat pored ogledala i uspravila se. Okrenula glavu ka njemu i poljubila ga. Pogledala je u ogledalu. Njegov kurac je i dalje bio ispod njene vlažne pičke.

Tek tada se setila da on nije svršio. Polako je ponovo počeo da se pomera između njenih butina. Dok je gledala u kurac, sklonila je bolero u stranu i otkopčala košulju. Želela je da otkrije svoje grudi pred njim, smatrala je da je to zaslužio. Primetila je kako gleda u njih dok je polako sklanjala košulju. Njegovi pokreti su postajali sve brži. Zavukao joj je ruke ispod miške i zgrabio je za sise. Uživala je da u ogledalu posmatra to što rade.

Ponovo je spustila ruku između nogu. Savila je prste i obuhvatila glavić koji se pojavljivao između njenih nogu. Izgledalo je kao da mu drka kurac. Osećala je kako mu kurac sve brže prolazi kroz njen dlan. Njegov torzo i stomak počeli su da se tresu iza njenih leđa. Kao u usporenom snimku videla kako iz njegovog kurca, između njenih nogu izleće sperma. Tečnost je letela preko lifta i prskala njen odraz u ogledalu. Ne bilo gde, nego baš preko njenog odraza. Čitavo njeno telo bilo je prekriveno belom tečnošću koja se slivala niz ogledalo.

Posmatrala je prskanje sve dok nije potpuno prestalo a onda je kao hipnotisana prišla ogledalu. "Kakav gubitak", pomislila je. Dodirnula je prstima toplu spermu a onda se setila. Okrenula se i kleknula ispred Lazara. Na njegovom kurcu je i dalje bilo nekoliko kapljica sperme koje je odmah polizala. Bila je zadovoljna što ponovo oseća poznati topli ukus, i zadovoljna što je to njegov. Lazarova sperma je jedina koju je bila spremna da okusi. Ali i dalje joj je bilo žao što se nije setila da sve primi na sebe.

Držali su se za ruke dok su išli prema zgradi. Nisu ništa pričali, nisu osećali potrebu. Samo su ćutke koračali i uživali u letnjoj večeri. Na ulazu je zastala.

"Jel si siguran da želiš da već sad idemo kući?"

Lazar je ćutke pozvao glavom a onda je povukao ka ulazu. Potrčala je nasmejana za njim.

"Wow. Moj dečak me vodi u stan. Kako uzbudljivo"

Sačekali su lift a onda ušli u njega. Posmatrala ga je dok su se vozili.

"Samo da znaš... I dalje ne mogu da ti dam"

Lazar je ćutke klimnuo glavom. A onda se lift zaustavio i on joj se nasmešio. Jelena je pljesnula rukama.

"Ma daj... Ne mogu da verujem! Zar i ovde?"

Prišao joj je i zagrlio je dok se ona i dalje smejala.

"Devojke stvarno nemaju nikakve šanse pored tebe"

Ponovo je osetila njegov tvrd kurac na svojim bokovima. Uhvatio je jednom rukom za dupe a drugom pokušavao da joj podigne suknju. Zastenjala je dok joj je ljubio vrat. Njegov veliki kurac je počeo da se pomera po njoj. Gurnula ga je do zida i otkopčala šlic. Propela se na prste i poljubila ga. Dok joj je on otkopčavao košulju, izvadila mu je kurac i počela da ga drka. Osetila je njegove dlanove na sisama. Pogledala je prizor u novom ogledalu. Stajala je pored njega, u belom boleru i beloj suknji, raskopčane košulje dok joj je on grečio sise. Veliki kurac mu je stajao uspravljen u njenoj ruci, ponovo spreman da svrši.

Skinula je bolero i košulju, pažljivo ih prebacila preko šipke na zidu, a onda se oslonila leđima na ogledalo. Skinula je gaćice i pustila ih ga skliznu niz noge dok se polako savijala u struku. Ljubila mu je grudi i stomak i spustila glavu još niže. Prešla je usnama preko čitavog kurca a onda ga stavila u usta. Rukama je potpuno zadigla suknju i još više se naguzila. Želela je da uživa u pogledu. Znala je da u ogledalu može da vidi njeno dupe i obrijanu mačkicu.

Držala je ruke na njegovim bokovima dok mu je pušila. Zavodljivo je vrtela kukovima, znajući da ne skida pogled sa nje u ogledalu. Nadala se da zamišlja kako nabija svoj kurac u njenu vrelu pičkicu. Ona je baš to zamišljala.

Osetila kako se on naginje napred preko nje. Pljesnuo je dlanom preko dupeta. Raširila je usne i kriknula, sa kurcem u ustima. Prijalo joj je to. Talas energije je prošao kroz nju i opustio je. Osetila je njegove ruke na svojoj glavi i počela je brže da se nabija na njega.

Kad je primetila da mu se telo sve više grči, izvadila je kurac iz usta. Uzela ga je u ruku i brzo kleknula. Nije imala nameru da ponovo propusti glavni događaj. Pogledala je na gore.

"Hoću da me isprskaš"

Uzeo je kurac iz njene ruke i drkao brzo. Držao je za glavu dok je ona stiskala sise čekajući spermu. Prvi mlaz tople sperme pogodio je posred lica i ona je zatvorila oči. Otvorenih usta čekala je nastavak. Svršavao je pomerajući kurac, prskao je po sisama i stomaku, kao da je znao koliko joj to prija. Kad je završio, približio joj se i dodirnuo joj je usne glavićem. Otvorila je usta i on ga je ponovo gurnuo unutra. Obrisala je spermu sa kapka i otvorila oči. Nekoliko trenutaka je držala kurac u ustima a onda je ustala. Odmah se okrenula ka ogledalu.

"U jeee...bote"

Raširenih očiju se posmatrala. Čitavo lice bilo joj je preliveno spermom, a tečnost joj se sa brade i sisa slivala preko stomaka. Otkopčala je suknju i držala u je ruci. Gledala je kako bela tečnost curi niz stomak prema njenoj pički.

Lazar joj je prišao i zagrlio je od pozadi. Razmazivala je njegovo seme po svojim sisama.

"Ako ovo ikad ponovimo, hoću da me opet isprskaš"

Vratio je kurac u pantalone i zakopčao šlic. Jelena je obrisala sve sa sebe i ponovo obavila suknju oko kukova. Zakopčala je košulju i obukla bolero. Pogledala se u ogledalu. Držala je maramice u ruci ali je oklevala da obriše lice.

"Ovo tako lepo izgleda"

Uzdahnula je a onda polako počela da skida tečnost.

“Moraš da mi obećaš da ćeš me još jednom isprskati”

Podigla je prst ka njemu smeškajući se dok je očekivala odgovor. Lazar se nasmejao i pokrenuo lift. Raširio je ruke i slegnuo ramenima.

“Isprskaću te ako mi daš”

Pogledali su se u ogledalu. Nije mu ništa rekla ali je već znala da će se to desiti.

Lift se zaustavio i vrata su se otvorila. Jelena je sklonila maramice i krenula ka izlazu. U hodniku ispred njih stajala je Ana, koja se spremala da uđe. Zastala je kad ih je videla. Odmah je znala šta se unutra dešavalo. Nije ni bilo potrebe da primeti Jeleninu izgužvanu košulju, ni koliko su zadihani i oznojani. Dovoljno je bilo da vidi veliku kapljicu sperme na njenoj kosi. Gledali su je kad se okrenula i ćutke otišla stepenicama na dole.

Pogledala je Lazara.

“Zovi me sutra”

Klimnuo je glavom. Poljubili su se i ona je izašla iz lifta. Još jednom mu je mahnula na vratima, a onda je ušla unutra.

Znao je da će je zvati, a znao je i kad.

Sutradan je nazvao telefonom i rekao joj da siđe ispred zgrade. Obukla je široku suknju i belu majcu ispod koje nije imala ništa. Znala je da joj se ukrućene bradavice naziru kroz majcu. Prstima ih je još nekoliko puta stegnula, da bi se još lakše videle.

Poljubili su se na ulazu. Jelena je bila raspoložena.

"Jel ovo naš drugi sastanak?"

Lazar se nasmešio.

"Izgleda da jeste"

Očekivala je da pođu negde, ali su samo stajali ispred zgrade i posmatrali kako se ljudi vraćaju sa posla. Primetila je neku brinetu koja je u prolazu mahnula Lazaru pre nego što je ušla u zgradu.

"Ko ti je to? Naša komšinica?"

Lazar je uzeo za ruku i poveo ka ulazu.

"Zaboravio sam nešto, moramo nazad"

Stigli su do lifta taman u trenutku kad je Danijela ulazila. Nasmešili su se jedno drugom i ušli unutra. Lazar je pritisnuo dugme i zauzeo mesto iza njih. Ćutke su se vozili neko vreme, a onda je lift stao.

Obe devojke su se trgnule, nisu to očekivale. Obe su znale da je on zaustavio lift, ali nisu znale zašto. Stajale su nepomično ispred njega, ne znajući šta da rade. Svaka je očekivala da je zaustavio lift zbog nje, i obe su se zbog one druge pretvarale da ne znaju šta se dešaval. Bile su svesne da ih je sa uživanjem pohotno posmatrao od pozadi.

Jelena se nije okretala od kako se lift zaustavio. Duboko je disala i gledala ispred sebe. Svakog trenuka je očekivala da oseti njegove ruke na sebi.

Prošlo je nekoliko trenutaka, a onda je osetila njegov blagi dodir na svom dupetu. Tiho je uzdahnula. Njegovi prsti su lagano prelazili po njenoj suknji, milujući svaki deo njenog dupeta. Osetila je kako joj se suknja zadigla, a odmah zatim i topli dlan koji se zavukao između butina. Skoro da je glasno zastenjala kad je na golim usminama osetila njegov prst. Zatvorila je oči i uživala u dodirima. Nije mogla da se okrene i pogleda ga, jer bi time brineti pored nje otkrila šta joj radi.

Mada je znala da bi okretanje bilo najprirodnije što je mogla da uradi u toj situaciji. Kad se lift zaustavi, ljudi u liftu se obično okrenu jedni drugome.

Onda se zamislila. Ako je to okretanje bilo najprirodnije, zašto se onda ni brineta nije pomerila? Začuđeno se okrenula ka njoj.

Videla je kako je Danijela i dalje mirno gledala ispred sebe. Jeleni se učinilo da joj lice ima malo crveniju boju. Spustila je pogled niže i videla njegovu ruku i na brinetinom dupetu. Otvorila je usta od iznenađenja i pogledala Lazara.

Danijela se pretvarala da se ništa čudno ne dešava. Pokušavala je da sakrije svoju uzbuđenost. Onda je primetila da je Jelena posmatra. Okrenula se ka njoj i tek tad primetila da Lazarove ruke i nju gnječe po dupetu.

Obe su iznenađeno i u tišini posmatrale jedna drugu, dok su im guze stiskali njegovi dlanovi. Okrenule su se začuđeno ka njemu.

Lazar nije prekidao da ih miluje, samo im se osmehnuo.

"Danijela, Jelena. Jelena, Danijela"

Obe su se nasmejale tom čudnom formalnom upoznavanju u takvoj situaciji. Jelena se okrenula ka njemu. Uhvatila ga je između nogu, želela je da proveri da li je stvarno želeo da bude sa njima, ili je zaustavljanje lifta bila samo šala.

Stvarno je želeo da bude sa njima.

Otkopčala mu je šlic i uzela kurac u ruku. Polako je počela da ga drka dok su se ljubili. Osetila je kad je Danijela stala pored njih. Obuhvatila je rukom preko kukova i povukla je bliže njima. Onda je prepustila Lazara njoj i čučnula ispred njega. Nekoliko trenutaka je posmatrala kurac dok mu je drkala, a onda ga stavila u usta i počela da puši.

Lazar nije oklevao sa Danijelom. Snažno je privukao sebi i poljubio. Rukom je obuhvatio oko struka i uhvatio za dupe. Pribila se uz njega, raširila noge i priljubila bedra uz njegovu butinu. Podigao je ruku ka njenoj sisi. Milovao je dok su joj bradavice postajale sve tvrđe. Zadigao joj je majcu i spustio glavu ka njenim grudima. Prestao je da je ljubi i spustio glavu ka sisama. Obema rukama ih je čvrsto uhvatio. Lizao joj je bradavice, jednu po jednu. Danijela je glasno stenjala dok ga je grčevito držala za glavu. Njena bedra su počele da se pomeraju po njemu, trljala je pičku o njegove butine.

Spustio je jednu ruku niže preko njenog stomaka i otkopčao joj šlic. Zavukao joj je ruku u gaćice i pomilovao vrele usmine. Jelena kao da je čekala da vidi to. Okrenula se ka Danijeli i povukla joj je pantalone do poda. Spustila joj je gaćice do pola butina i približila joj se. Neko vreme je uživala gledajući njenu pičku. Bila je kratko obrijana a svetle dlačice su slabo skrivale njene lepe usmine. Jelena je sklonila Lazarovu ruku, približila glavu Danijeli i dodirnula joj usnama pičku. Onda je spustila glavu niže i jezikom joj polizala obe usmine čitavom dužinom, jednu pa drugu.

Danijela se trgnula od iznenađenja. Nije očekivala da oseti ženski jezik na sebi. Ali Lazar je stajao pored nje, i nije joj smetalo. Spustila je pogled na kratko, gledajući Jelenu kako je liže, a onda je nastavila da se ljubi sa Lazarom. Odmah se opustila i spustila ruku sa Lazarovog stomaka na Jelenin potiljak, držeći je blizu sebi.

Jelena je uživala skupljajući Danijeline tečnosti. To je bilo ono što je znala i volela da radi. I dalje je jednom rukom držala Lazarov kurac, ali je svu pažnju posvećivala njenoj pički. Držala je za dupe dok se priljubljivala uz njena bedra. Kada joj se učinilo da je dovoljno lizala usmine, jezikom je zašla dublje.

Raširila je još više i lizala joj ružičastu unutrašnjost, nekoliko puta je nabijala jezik što je dublje mogla u nju. Onda se malo odmaknula, pogledala je nabubreli crveni kružić i oblizala se. Prišla mu je i nekoliko puta polako prešla jezikom preko klitorisa. Osetila je kako je njene ruke snažnije stežu po glavi. Bila je zadovoljna kad je čula kako Danijela glasnije stenje.

Od svih stvari koje je mogla da očekuje, Danijela nije mogla ni da zamisli da će se tog popodneva naći u ovakvoj situaciji. Plan je bio da provede mirno popodne kod kuće, a sada joj je nepoznata devojka lizala pičku u liftu, dok joj je Lazar strasno gnječio sise koje je naizmenično ljubio. Bila je sve uzbuđenija i znala je da će brzo svršiti. Ali nije želela da to bude od ženskog jezika. Želela je oseti Lazarov kurac u sebi dok bude svršavala. Dodirnula ga je za kosu.

"Uzmi me. Uzmi me sad..."

Lazar nije pokazivao da je čuo. I dalje joj je posvećeno lizao bradavice. Uhvatila ga je za kosu i povukla na gore.

"Jebi me"

Pogledao je kroz poluspuštene kapke, a onda je uzeo kurac u ruku. Spustio je pogled ka Jeleni. I dalje je klečala pored njih. Držala ih je oboje za dupe dok je jezikom brzo prelazila preko komšinicine pičke. Lazar je približio kurac njoj i pomilovao je po licu dok je lizala. Okrenula je glavu ka njemu i poljubila mu glavić. Uzela je kurac u ruku i postavila je ispred Danijeline pičke. Nekoliko puta je udarila glavićem preko njenih usmina dok joj je jezikom brzo palacala po klitorisu.

Danijela je glasno zastenjala kad je osetila glavić i Jelenin jezik na sebi. Držala ih je oboje za glavu dok su istovremeno prelazili preko njene pičke. Osetila je kako joj je devojka vešto lizala klitoris dok je pomerala Lazarov glavić po njenim usminama. Danijela je sve snažnije držala Jelenu za kosu, a onda je odmaknula od sebe i okrenula svoja bedra ka Lazaru. Pogledala ga je u oči dok je Jelena ispod njih postavlja Lazarov kurac na njen ulaz.

Jelena je netremice iz blizine posmatrala veliki kurac koji je ulazio u lepu Danijelinu pičku. Posmatrala je kako se njene vlažne usmine šire da bi mogle da prime taj njegov debeli kurac. Oblizivala se. Na jeziku je još uvek osećala njen miris. Lazar se zabio do kraja u Danijelu i ona je glasno zastenjala. Jelena je zadivljeno gledala kako je veliki kurac ceo nestao u njoj. Ispred njene pičke virila su samo njegova jaja. Prišla im je i jezikom prešla preko njih.

Kad je počeo da je jebe, prišla im je još bliže. Prislonila je usne na telo kurca i osećala kako čitavom dužinom prelazi preko njih. Okrenula je glavu ka Danijelinoj pički. Dok je iz blizine gledala kako veliki kurac ulazi u nju, jezikom je brzo lickala crvenkasti sjajni klitoris. Osećala je kako je Lazarova jaja udaraju po obrazu svaki put kad bi se nabio u Danijelu.

Povukla se unazad kad je videla da se Lazar sasvim izvukao iz Danijele. Kad je okrenuo ka ogledalu, Danijela se naguzila prema njemu. Jelena je kleknula ispred nje. Ponovo je gledala kako veliki Lazarov kurac nestaje u lepoj pički. Oslonila je dlanove na butine brinete, približila joj se i nastavila da je liže. Slušala je kako sve glasnije stenje iznad nje.

Onda je osetila kako je brinetina ruka grabi za kosu. Čvrsto je uhvatila i pribila uz svoju pičku. Začula je njen glasan krik i osećala toplu i vlažnu pičku na licu. Brineta se bedrima brzo trljala o nju. Rukom je nabila na sebe što je mogla više, i nije je puštala dok je svršavala. Dok je osećala kako su tople usmine podrhtavale na njenom licu, istovremeno je osećala Lazarova jaja koja su je udarala po bradi.

Brineta joj je pustila kosu kad je svršila. Zahvalno se osmehnula Jeleni kad je stala pored nje. Jelena je prišla i poljubila je. Nije joj to bio prvi put da joj lice bude u bliskom kontaktu sa nečijom toplom pičkom koja je svršavala.

Tek kad je ustala, postala je svesna da joj je ruka u gaćicama. Njeni prsti su već bili vlažni od sokova, a da ona nije ni bila svesna toga. Otkopčala je suknju i zakačila je za šipku. Spustila je gaćice do butina i naslonila se na drugi zid lifta. Ponovo je pogledala u njih.

Lazar je držao Danijelu za kosu sa jednom rukom, a drugu je oslonio na njen struk. Posmatrao je u ogledalu dok je jebao. Jelena je uživala dok je gledala kako njegov kurac brzo ulazi u nju, praveći talase na njenim butinama. Tišinu u liftu razbijali su jedino jednolični zvuci tapkanja njihovih butina. Danijela je okrenula glavu ka njoj i gledala je.

I Lazar se okrenuo da je vidi. Lice joj je bilo vlažno, presijavalo se od lepljive Danijeline tečnosti. Drkala je u zanosu, posmatrajući ih poluzatvorenih očiju. Raširenih nogu jednom rukom je prelazila preko pičke, a drugu je zavukla ispod majce i nežno stezala sisu. Prsti ruke su joj bili potpuno mokri. Oboje su gledali u njenu pičku. Bila je sveže obrijana, sa nabubrelim uzbuđenim usminama koje su se brzo pomerale pod njenim prstima. Bile su vlažne, kao i unutrašnjost njenih butina.

Lazar je video koliko je Danijela zainteresovana. Uhvatio je za kukove i uspravio. Kad su se okrenuli ka Jeleni, Danijela se nagnula ka njoj. Stavila joj je ruke na struk. Glava joj je bila ispred Jeleninih sisa i ona je ponovo spustila pogled. Zagledala se u njenu pičku dok se Lazar nabijao od pozadi u nju.

Jelena joj je instinktivno, bez razmišljanja, stavila ruku na glavu i povukla na dole. Nije razmišljala o tome da li je Danijela lezbejka, ni da li će to želeti. To joj je samo bio prirodan pokret kojeg je bio deo njene mišićne memorije.

Danijela se odjednom našla sa glavom ispred Jelenine pičke i nije znala šta da radi. Nikad ranije nije bila u sličnoj situaciji, i nikad nije bila ovako blizu nečije pičke. Posmatrala je lepljivu tečnost na unutrašnjosti butina i nesvesno se oblizala. Videla je kad su se Jelenina bedra izvila pred njom. Približila su se njenom licu dok je Jelena nameštala pičku bliže njenim usnama.

Onda je osetila Lazarove ruke na bedrima. Uhvatio je čvršće dok se snažnije nabijao u nju. Svaki njegov udarac je gurao bliže Jeleninoj pički. Mogla je da oseti njen miris koji je sve više opijao. Jelena je stavila obe ruke na njenu glavu. Jezik je sam od sebe, bez razmišljanja, prošao kroz usne i dodirnuo Jeleninu pičku. Njen ukus je bio slađi nego što je očekivala. Nastavila je da jezikom oblizuje njene usmine, i od toga joj se zavrtelo u glavi.

Lazar je od pozadi sve brže ulazio u nju. Osetila je kako se ponovo približava vrhuncu. Zatvorila je oči i prislonila usne na Jelenin otvor, čvrsto je držeći za kukove. Prvi put je svršavala sa glavom između ženskih nogu, tiho, dok je Jelena brzo trljala bedra o njeno lice. Dok joj je orgazam prolazio telom, shvatila je da je i Jelena svršavala ispred nje, zbog njenog jezika. Osetila je još veće zadovoljstvo zbog toga. Nabila je glavu na njenu pičku, osetila njeno podrhtavanje i uživala.

Kad je ustala, obe su se zagledale jedna u drugu. Njihova lica su bila potpuno vlažna od sokova koje su razmenili među sobom. Jelena joj je polako približila usne i poljubila je. Danijela nikad pre nije ljubila devojku, ali nije se dvoumila. Ako je već mogla da ljubi Jelenine usne dole, zašto bi oklevala da joj poljubi prave usne. Lepljivim usnama dodirnula je njene, dok su im se jezici preplitali.

Dok su njih dve razmenjivale sokove svojih pičaka, Lazar je polako nastavio da ga nabija u Danijelu. Jelena je prestala da je ljubi i pogledala ga. Dok joj je Danijela ljubila u vrat, ispružila je jednu ruku i uhvatila Lazara za dupe. Gledali su se u oči dok je jebao Danijelu.

Tek tad joj je postalo jasno zbog čega je on ovo bio organizovao. Kao što je razumela da je već pet puta mogao da svrši sa Danijelom. Želeo je da je napravi ljubomornom. Računao je na to da će se napaliti kad vidi kako ulazi u njihovu komšinicu i da će pristati da se jebe sa njim. Uspeo je u obome. Jelena je priznala sebi da je bila ljubomorna što vidi da samo Danijela dobija njegov kurac. I dobro se napalila dok ih je gledala kako se tucaju.

Znala je da će mu dati da je jebe. Čim je videla kako njegov kurac ulazi u Danijelu, znala je da će mu tog dana dati da proba da ga nabije i u nju. Samo što i dalje nije znala da li će u tome uspeti. Verovala je da njena mala pička, koja je godinama bila bez muškarca, neće moći da primi tako veliki kurac. Bila je ubeđena da se odvikla od toga. Povremeno je u sebe ubacivala vibrator, tek da ne zaboravi osećaj, ali to je bilo sve. I svi oni su bili daleko manji od Lazara.

Pogledala ga je. Nabijao se u Danijelu i svo to vreme je gledao nju u oči. Sve na njemu pokazivalo je da zapravo nju želi da tuca. Komšinica između njih bila je tu samo da bi je opustila dovoljno da bi mu to dozvolila. U sebi se nasmejala svojoj gluposti. To je bio njen prvi momak. Dugo godina su se dobro poznavali. Shvatila je koliko je bilo glupo to što je toliko oklevala. I dalje je imala blagi strah da je taj veliki kurac ne povredi, ali je isto tako znala da Lazar to nikad ne bi uradio. Pogledala ga je i stavila mu ruku na potiljak. Ništa mu nije rekla. Ali je po njemu videla da je osetio da se nešto u njoj promenilo. Odmah je prestao da guzi Danijelu i polako ga je izvadio iz nje. Danijela se sama sklonila u stranu i naslonila na zid. Podrazumevala je da je Jelena bila na redu za jebanje.

Lazar je naslonio leđima na Danijelu i blago joj raširio noge. Osetila je kako je Danijela zagrlila od pozadi. Zavukla joj je ruke ispod miške i uhvatila za sise. Ubrzano je disala dok je posmatrala šta Lazar radi. Stavio joj je ruku na vrat i milovao je dok je drugom rukom drkao kurac ispred nje. Tek tada je postala svesna njegove blizine. Stajala je pred njim, gola od pojasa na dole. Osećala je kako joj se niz butine slivaju sokovi iz pičke koja je bila i više nego spremna za njega.

Pa opet, kad ga je pogledala, ponovo nije bila sigurna da je to bila dobra ideja. Lazar je stajao raširene košulje, oznojan i muževan dok je u ruci držao taj ogromni kurac. U tom trenutku joj se činio veći nego ranije. Izgledalo joj je kao da ga on jedva obuhvatao prstima. Glavić joj je delovao još veći. Nabrekao i pun krvi, stajao je tvrd ispred njene pičke, kao čudovište koje će je razoriti iznutra.

Prišao joj je još bliže. Duboko je disala dok ga je gledala. Videla je kako stavlja taj veliki glavić na njenu pičku. Osetila je njegovu tvrdoću dok joj je milovao usmine. Posmatrala ga je dok se nameštao na ulaz i zatvorila oči je počeo da ga gura u nju. Nadala se samo da se neće onesvestiti. Prestala je da diše kad je osetila kako ulazi. Uhvatila ga je za ramena i čvrsto ih stegnula.

Iako zatvorenih očiju, znala je da samo vrhom ulazi u nju. Trajalo joj je kao večnost. Kad je glavić potpuno nestao u njoj Lazar je zastao i pogledao je. Otvorila je oči i uzvratila mu pogled. Sačekala je nekoliko trenutaka da povrati dah, a onda je osetila da je spremna. Uhvatila ga je za dupe i povukla ka sebi.

Bolelo je manje nego što je očekivala, ali je užitak bio nemerljivo veći. Sa čuđenjem je posmatrala kako taj debeli kurac nesputano ulazi u nju. Čudila se kako se njena mala pička prilagođava tako velikom kurcu. Raširenih očiju je gledala u taj lep prizor i sve se više uzbuđivala. I zbog pogleda na tu scenu dole i zbog toga što je ogromni kurac svakog trenutka sve više ispunjavao njenu unutrašnjost.

Nije ni stigao da je jebe. Svršila je onda kad je osetila njegov stomak na svom stomaku, svršila je samo zbog toga što je primila kurac kojeg dugo nije imala u sebi. Zarila je nokte u njegovo dupe dok ga je nabijala prema sebi. Pomerala je bedra, trljala ih o njegova dok je ćutke svršavala u njegovom zagrljaju.

Uspravila se onda kad je ponovo osetila njegove pokrete u sebi. Pogledala ga je sa zahvalnošću. Njen momak iz detinjstva konačno je bio u njoj. Stavila je ruke oko njegovog vrata dok je nekoliko puta pažljivo ulazio i izlazio iz nje.

Polako ga je izvadio i malo se odmaknuo od njih. Uzeo ga je u ruku i počeo da drka. Devojke su i dalje stajale u istoj pozi. Danijela je držala Jelenu za sise, i obe su ga netremice posmatrale dok je drkao. Prvi mlaz sperme isprskao im je lica dok je ostatak završio na Jeleninim sisama i stomaku. Danijela se pomerila ispred, stala je ispred Jelene i lizala spermu sa njenog tela. Onda je kleknula i polizala Lazarov kurac.

Dok su se njih dvoje gledali iznad nje, uzela je kurac u usta i počela da ga puši. Jelena je još više raširila noge dok se ponovo dodirivala po pički. Danijela je izvadila kurac iz usta i ustala, ne ispuštajući njegov kurac iz ruke. Drkala mu je dok je stajala između njih. Gledala je u veliki kurac u svom dlanu. Kad je skrenula pogled ka Jeleni videla je kako se njih dvoje netremice posmatraju. Shvatila je da je bolje da ih ostavi.

"Ok deco, zabavite se. Moram da idem"

Ponovo je kleknula, poljubila Lazarov kurac i ustala. Spustila je majcu i zakopčala pantalone. Izgledalo je kao da je nisu čuli. Lazar je prišao Jeleni i poljubio je. Uhvatio je obema rukama za sise i stegnuo ih dok su se ljubili. Uzela je kurac u ruku i zastenjala zatvorenih očiju.

Drkala ga je uživajući u njegovoj tvrdoći, a onda ga je sama postavila ispred svoje pičke.

Prišao joj je i ponovo gurnuo kurac u nju. Gledala ga je netremice dok je to radio. Činilo joj se da ovaj put lakše ulazi i više je uživala. Podigao majcu i stezao joj sise. Njegov kurac je ponovo potpuno ušao u nju, a onda ostao unutra bez pokreta. Lazar je uživao u pogledu na Jelenine tvrde bradavice dok joj je gnječio sise. Želeo je da Jeleninoj pički da vremena da se opusti i navikne na njega.

"Stvarno moram da idem"

Tek tada su postali svesni Danijele. Stajala je pored njih, potpuno obučena, ali svesna da će se ponovo napaliti ako nastavi da ih gleda. Okrenuli su se ka njoj. Lazar je još neko vreme nepomično stajao, a onda je polako izvadio kurac iz Jelenine pičke. Jelena je spustila majcu i obukla suknju. Lazar ih je pogledao i kad je video da su obe sređene, pritisnuo je dugme i lift je krenuo.

Kad su se vrata otvorila, Danijela je prišla Jeleni i strasno je poljubila. Onda se okrenula ka Lazaru, prišla mu bliže i uhvatila za kurac. Poljubila ga je i prošaptala.

"Obožavam tvoj kurac"

Lazar je klimnuo glavom.

"Uvek mi je zadovoljstvo"

Danijela je izašla i Jelena je prišla Lazaru. Ponovo mu je otkopčala šlic i uzela kurac u ruku.

"Hoću još"

Vrata lifta su se zatvorila dok je ona polako pomerala ruku po njemu.

"Ali ovaj put mogli bismo da odemo do tebe"

Lazar je klimnuo glavom i pritisnuo dugme svog sprata. I želeo je da je konačno izjebe u svom stanu. Uhvatio za dupe i povukao do zida. Podigao joj je suknju dok mu je ona drkala. Spustio joj je gaćice i ona ih je pustila da same padnu dole. Raširila je noge i ponovo stavila kurac preko svojih usmina. Milovala ih je glavićem dok ga je posmatrala. A onda ga je on gurnuo unutra, ovaj put brže nego ranije. Zatvorila je oči i ugrizla se za usnu. Gurnuo ga je do kraja, sačekao malo dok je bio potpuno u njoj, a onda počeo da je jebe. Po prvi put je nije štedeo, jebao je kao bilo koju drugu.

Jelena je taman počela da uživa kad se začulo zvono lifta. Iznenađeno je širom otvorila oči. Lift je stao i vrata su počela da se otvaraju. Pogledala je Lazara.

"Kako si zaboravio?"

Slegnuo je ramenima i mirno nastavio da je jebe. Jelena je odsutno gledala u prazan hodnik.

"Prestani. Neko će nas videti"

"Baš me briga"

Jelena više nije osećala Lazarov kurac u sebi. I dalje je gledala hodnik, svakog časa očekujući da neki radoznali komšija priviri. Lazar se nabijao u nju dok je osećala kako mu se ponovo prepušta. Počela je da uživa u jebanju, a onda se odjednom prenula. Pogledala ga je i lupila dlanom po miški.

"Mene je briga"

Lazar je izgledao kao da je nije čuo. I dalje je bila čvrsto priljubljena u zid, tako da nije mogla da se odmakne od njega. Probala je da ga gurne od sebe, ali nije vredelo. Izgledao je kao da nije ni bio svestan toga. Sačekala je da kurac izađe iz nje i onda ga je brzo obuhvatila sa oba dlana. Jedan deo je i dalje ostao u njoj, ali više nije mogao da uđe ceo.

Tek kad je pogledao je u oči, shvatio da joj je to su bili tako na otvorenom stvarno bio problem.

"Izvini. Nisam razmišljao"

Kad je izvadio kurac iz nje uzela ga je u ruku i krenula ka vratima.

"Dođi"

Vukla ga je za kurac dok su išli prema hodniku. Posmatrao je njenu suknju koja se pomerala ispred njega. Pružio je ruku i zgrabio je za dupe. Ona se nasmejala i sklonila mu ruku.

"Strpi se, manijače"

Gledao je kako se njeno dupe zavodljivo njiše ispred njega, a onda ponovo nije izdržao. Zadigao joj je suknju i svukao gaćice dole. Iznenađeno je vrisnula kad je povukao je prema sebi. Uhvatio je za butine i podigao. Namestio je na kurac ispod njenog dupeta, pokušavajući da pronađe ulaz u nju. Jelena je bila šokirana kako joj je brzo svukao gaćice, nije mogla ništa da kaže. Kad je podigao u vazduh, savila se i ispružila ruke bezuspešno pokušavajući da pronađe oslonac.

Kad je početno iznenađenje prošlo, prsnula je u smeh. Njegov glavić je šetao po njenom dupetu, dodirivao joj butine i prelazio preko usmina dok je Lazar rukama podizao, pokušavajući da je nabije na njega. Onda je konačno našao ulaz. Lazar je zadržao tamo i sačekao da se smiri, a onda polako pustio da sama sklizne na kurac.

Kad je čitav glavić ušao u nju, Jelenine ruke su konačno pronašle zid ispred sebe. Naslonila se na njega dok ga je Lazar gurao u nju, još uvek je držeći za butine. Stajala na prstima i pomerala napred-nazad od udaraca njegovih bedara. I dalje nije mogla da prestane da se smeje.

"Ti si potpuno lud"

Pokušavala je da se uspravi ali je bila predaleko od zida da bi mogla da se odgurne. Sa njegovim udarcima od pozadi uvek se vraćala nazad. Nije mogla ni da se odgurne od njega, samo je mogla da stoji na prstima. Zato se i dalje samo kikotala dok je jebao.

"Skroz si blesav. Prekini, jebaćeš me unutra"

Lazar kao da je nije čuo. Nabijao se zatvorenih očiju u nju, očigledno uživajući u tome. Jelena je uspela da odvoji jednu ruku sa zida i u pogodnom momentu ga je ponovo čvrsto zgrabila za kurac. Okrenula se koliko je mogla i rekla ozbiljnim glasom.

"Jebaćeš me unutra"

Lazar je stao i spustio je. I dalje se smejala dok je spuštala suknju.

"Ludi čoveče"

Njene gaćice su joj bile oko članaka. Uzela ih je i stavila u njegov džep.

"Čuvaj ih za mene"

Zakopčao je šlic dok su kretali ka vratima njegovog stana. Prestala je da se smeje dok su hodali jedno pored drugog. Odjednom se osetila nekako usamljenom. Kao da joj je već falio Lazarov dodir i osećaj njegovog kurca u sebi. Ili je samo bila napaljena. Okrenula se i pogledala ga dok je mirno hodao. Njen korak je bio sve nesigurniji. Pogledala je u dugačak hodnik koji je stajao ispred njih. Lazarov stan nije bio blizu.

Onda više nije izdržala. Gurnula ga je obema rukama ka zidu. Otkopčala je suknju i pustila je da padne na pod. Brzo mu je otkopčala pantalone i spustila ih do članaka. Poljubila mu je kurac, a onda se podigla i uzela ga u ruku. Postavila ga je ispred svoje pičke i malo raširila noge. Pogledala ga je u oči a onda se snažno nabila na njega. Glasno je zastenjala kad je čitav ušao.

Uhvatila ga je za članke ruku i podigla ih sa strane. Ljubila mu je usne dok ga je jebala. Prešla je usnama na bradu, obraze, vrat, ramena dok se sve brže se nabijala na njega. Dahtala je glasno kad je telo počinjalo da joj se grči. Zatvorila je oči i zarila zube u njegovo rame dok su joj se bedra tresla na njegovom kurcu. Svršavala je sa njegovim čitavim kurcem u sebi, grizući ga za rame da ne bi vrisnula.

Otvorila je oči kad je svršila i pogledala ga. Polako je počela da ga vadi iz sebe a onda se ponovo vraćala na njega. Znala je da je i on blizu vrhunca. Uhvatio je za kukove i izvadio kurac iz nje. Sama je kleknula ispred njega, želela je da primi spermu na sebe. Otvorila je usta i usnama obuhvatila glavić. Drkao ga je brzo i bilo je potrebno samo nekoliko pokreta da svrši. Sperma je izletela u njena usta. Progutala je čitav glavić dok je on izdrkavao u nju. Osećala je kako topla tečnost ispunjava njena usta.

Kad je osetila da je prskanje prestalo izvadila je glavić iz usta. Promućkala je tečnost nekoliko puta u ustima, kao da je želela da bolje oseti ukus, a onda je progutala. Još jednom je vratila usne na glavić i pokupila ostatke sperme. Oblizala se, uzela svoju suknju sa poda i ustala.

Dok su koračali ka njegovom stanu, zakopčala je suknju oko sebe. Na ulasku u stan, Lazar je potapšao po dupetu i uzdahnuo, kao da ima na umu neki težak posao.

"Ovo će biti naš sledeći veliki izazov"

"Ma da. Samo sanjaj"

# Novi počeci

Lazar je žurio sa posla ka svom stanu. Nije imao neki poseban razlog za žurbu i nikakav jasan plan za popodne. Samo je osećao potrebu za ženom. Kod normalnog čoveka ta potreba ne bi bila problem. Ali u Lazarovom slučaju, ta velika želja bi bila dobar razlog za žurbu. Čudnim korakom, sa kurcem podignutim između nogu, hodao je ka zgradi.

Razmišljao je kako da razreši tu situaciju. Mogao je da pozove Danijelu ili Jelenu, a mogao je da ponovo potraži neku novu u liftu. To jeste bila uzbudljivija ideja, ali mu je delovala nesigurnije. Moglo je da se desi da od toga ništa ne bude, a njemu je brzo trebalo razrešenje. Zbog toga se samo dvoumio koju od njih dve da pozove.

Sa takvim razmišljanjima ušao je u zgradu. Kod lifta je stajala komšinica. Bila je starija od njega, mislio je da je mogla da ima oko četrdesetpet, mada on nikad nije bio dobar u proceni godina. Nosila je uske farmerke i ružičastu tanku jaknu. Crvenokosa je izgledala kao da se i ona vraćala sa posla. Posmatrao je dok joj je prilazio i zaključio da bi ona mogla da mu pomogne. Samo što nije znao da li ga ona želi. U jedno je bio siguran – ona bi definitivno mogla da mu pomogne.

Sećao se nje od ranije. Zapravo, ona je bila prva komšinica na koju se stvarno ložio. Počeo je da je primećuje još kao tinejdžer. U to vreme je i često viđao, na svim mogućim mestima. U prodavnici, ili na putu do prodavnice, na ulici, autobusu, u ulazu u zgradu... Nekoliko puta su se zajedno već i vozili liftom. Ona je tad bila u najboljim godinama, uvek utegnuta i sređena, zračila je seksualnošću. Bilo je prirodno da se loži na nju. Kao što je bilo prirodno da drka misleći na nju.

Nakon svakog takvog susreta, odlazio je u sobu i drkao, zamišljajući je u situaciji u kojoj su bili do malo pre toga. I u svakoj situaciji, ma kako bezazlena bila, uspevao je da u svom porno maštanju pronađe i porno završetak. Makar je video kako kupuje wc papir u marketu, ili nosi krompir sa pijace, svejedno. U njegovim maštanjima, njihovi kratkotrajni susreti su uvek završavali tucanjem.

Dešavalo se i da je ponekad vidi na ulici, sa leđa. Tada bi uvek usporio korak, samo da bi uživao u pogledu. Dragana je imala najbolje dupe u kraju, i izgledalo je kao da i ona to zna. Uvek je nosila uske farmerke ili pantalone i ponosno vrtela dupetom dok je hodala. Srednjoškolac Lazar je u takvim situacijama, dok je napaljen polako hodao iza nje, uvek bio blizu svršavanja samo zbog pogleda na nju. Njegov kurac bi mu ispunio pantalone i trljao se o njih dok je koračao. Jedini problem kojeg je tad imao, je da ne svrši na ulici.

Da, Dragana je definitivno mogla da mu pomogne tog dana.

Kad je prišao liftu, pristojno joj je rekao "dobar dan" a onda su se oboje okrenuli ka vratima. Krišom je posmatrao dok se pitao da li je ona svesna koliko puta je drkao na nju. Verovatno nije, pomisli on. Sigurno ga je jedva pamtila, jer je za nju on bio samo još jedan klinac iz komšiluka.

Pogledao je krišom i ponovo se setio srednjoškolskih dana. Nekad nije ni bilo potrebno da je vidi da bi se uzbudio. Dovoljno je bilo da je se seti. Njegovo omiljeno maštanje počinjalo je u hodniku zgrade. Na razne načine, uvek bi nekako došli do tucanja pred vratima. A onda bi ga ona pozvala u stan, jer joj muž nije bio tu. Tamo bi je gledao kako se polako skida pred njim, a onda bi je jebao čitav dan, sve dok se ne bi potpuno zaljubila u njega.

Zvuk otvaranja vrata ga je prenuo iz razmišljanja. Ušli su unutra i, baš kad su vrata počela da se zatvaraju, neko im je povikao da zaustave lift. Lazar je pogledao ka holu i video Anu kako trči ka njima. Zaustavio je vrata. Ana je imala uske farmerice, i njene velike sise su veselo skakutale dok im je prilazila. Lazar je posmatrao sa olakšanjem kad je video – znao je da bi ona i htela da mu pomogne. Smešila mu se dok je trčala ka liftu.

"Hvala. Ćao"

Ušla je u lift, a onda pogledala Draganu. Nasmešile su se jedna drugoj i razdragano pozdravile. Dok su veselo pričale, Lazar je slušao Draganin seksi glas. Odavno ga nije čuo i skoro da je bio zaboravio na njega. Nešto u boji njenog glasa je prosto pozivalo na seks. Činilo je poželjnijom i potpuno se uklapalo u njenu sliku jebozovne žene. Želeo je da sluša taj glas duže. Bez puno razmišljanja, pritisnuo je dugme u džepu i zaustavio lift. Pogledale su ga, Ana je uzdahnula.

"Oh, ne... Ovo se često dešava u poslednje vreme"

Dragana se okrenula ka njoj.

"Stvarno?"

"Nije prvi put"

Dragana je pogledala Lazara.

"Šta ćemo da radimo?"

"Trebalo bi da probamo preko interfona"

"Ok, dobra ideja"

"Mogao bih ja, ali verovatno je bolje da čuju vaš glas"

Pogledala ga je začuđeno.

"Moj glas?"

"Mislim, ne mora vaš, ali ako čuju ženski glas, brže će doći"

Dragana je pogledala Anu, zakolutala očima i nasmešila se.

"Muškarci"

Lazaru se dopao njen kratki komentar. Koliko god to što je rekla bilo bezazleno, po prvi put je shvatio da ga više ne posmatra kao klinca. I dalje nije znao da li ga želi, ali je sad bio siguran da su postojale šanse za to.

Dragana je prišla interfonu koji je bio ispod table sa dugmićima.

"Dobro, ja ću"

Okrenula se ka tabli i malo se nagnula napred ka mikrofonu. Lazar joj je posmatrao lepo dupe utegnuto u uske farmerke. Kad je počela da govori Lazar je zatvorio oči zbog toga. Imala je stvarno seksi glas.

Kad ih je ponovo otvorio, prvo što je video bilo je Anino dupe ispred njega. Imala je uske kukove, u neskladu sa njenim velikim sisama, ali njeno malo dupe u farmerkama ga je prosto pozivalo da ga dodirne. Ispružio je ruku i blago je pomilovao. Ana se trgnula, ali se nije okrenula. Kao da je od njega očekivala da to uradi.

Prelazio je rukom preko njenog dupeta a onda je čvršće uhvatio. Pokušala je da se pomeri ka Dragani ali je Lazar drugom rukom uhvatio za struk. Dragana je i dalje pričala, pokušavala je da dobije odgovor.

Onda je Ana okrenula profil ka njemu. Izgledalo mu je kao da razmišlja o nečemu, kao da je shvatila da je prethodni put ona bila u istoj poziciji u kojoj je Dragana sad.

"Prestani. Nema svrhe"

Lazar nije mogao da proceni da li se to odnosilo samo na njega, bio je previše napaljen. Povukao je ruku. Dragana se okrenula ka njoj a onda je poslušala.

"Verovatno si u pravu"

Ana je slegnula ramenima.

"Ista stvar se desila prošli put"

"I šta se desilo kasnije? Prošli put, kako ste izašli?"

Pre nego što je Ana stigla da odgovori, Lazar je u džepu napipao svoj uređaj, pritisnuo ga i lift je krenuo. Ana je prstom pokazala na nešto gore.

"E... Ovo se desilo"

Obe su se nasmejale. Odjednom su bile opuštene, radosne što je lift krenuo.

Kad su se vrata otvorila na Aninom spratu, nije pogledala Lazara. Pozdravila se sa Draganom i izašla napolje.

Lazar je posmatrao Draganu. Želeo je da priča sa njom, ali tad nije mogao da se seti nijedne teme. Kad god bi se sreli ranije, uvek bi pričali o nekim bezazlenim, običnim temama. Ali nikad ranije nije bio ovako blizu tucanja sa njom, i nije znao šta da kaže. Zbog toga je samo gledao u nju dok je lift polako išao na gore.

Dragana je stajala leđima naslonjena na zid, sa bedrima malo odmaknutim od njega. Ispod ružičaste jakne nosila je tanku majcu na zakopčavanje, koja je bila pertlom vezana samo na jednom mestu, ispred njenih grudi. Ispod te majce, bila je još jedna, obična tanka majca, poslednja prepreka do njenih sisa koje je tako želeo da vidi.

I pored svojih godina koje on nije mogao da proceni, nekako mu je izgledala kao devojka, kao da je mlađa od njega. Izgledala kao neko sa kime bi rado proveo svoje vreme u liftu. Na svoj način. Izbočina u njegovim pantalonama ga je podsećala na to. Ali, još uvek nije znao da li ga ona hoće. i dalje se držao svog početnog plana – nije imao nameru da u liftu spopada žene za koje nije bio siguran da ga žele.

Lift se ponovo zaustavio. Lazar je širom otvorenih očiju pogledao u Draganu. Ona mu je uzvratila smirenim pogledom.

"Eto, liftovi... Verovatno će opet da krene sam od sebe"

Lazar nije bio tako siguran u to. Nije ga on zaustavio. Prišao je interfonu i nekoliko puta nervozno pritiskao dugme sve dok nije prihvatio da ono ne radi, jer ga je on sam namerno pokvario. Izbacio je vazduh iz pluća glasno i naslonio se na zid naspram Dragane.

"Problemi sa vremenom?"

"Ma ne, samo...", odmahnuo je rukom, "Trebalo je da budem sa devojkom, a već kasnim"

"Oh, onda problemi sa devojkom."

Dragana se tek tad osmelila da ga zainteresovano odmeri. Zenice su joj se blago raširile kad je primetila veliko nabreknuće između njegovih nogu. Zagledala se u to mesto. Shvatila da nije problem ni sa devojkom, nego sa nečim drugim. I videla je koliko je veliki taj problem. Iz torbe je izvadila kutiju dugih cigareta i uzela jednu.

"Nadam se da ti ne smeta što pušim"

Lazar je slegnuo ramenima.

"Samo napred"

Zapalila je cigaretu i povukla dubok dim. Prošlo je neko vreme od kako je bila pored penisa u erekciji. Po prvi put je bila u situaciji da stvarno pogledom odmeri Lazara. Do tad se nije usuđivala. Znala je dobro koliko se loži na nju. Kao što je znala da bi svaki njen takav pogled protumačio kao poziv. Pamtila ga je još kao srednjoškolca i dobro je pamtila način na koji je gutao pogledom. Nekoliko puta ga je primetila kako korača iza nje, posmatrajući je od pozadi. Tada je namerno zavodljivo vrtela guzom, znajući da ga to pali. Nije tome pridavala pažnju, samo joj je bilo zabavno jer je znala da će mu time davati podsticaj za maštanje. Bila je svesna da će nakon takvih susreta drkati na nju, i to joj je godilo.

I on je nju privlačio, iako je bio mlađi od nje. Malo se stidela zbog toga, ali sve manje, kako je vreme prolazilo. Videla ga je kako odrasta u muževnog mladića, i kako i devojke oko njega to primećuju. Dok se prisećala kako ga je zavodila znajući da će zbog toga drkati na nju, setila se još nečega. Nečega što je odavno zaboravila, jer se nije usuđivala da pamti. Setila se dana kada je ona masturbirala zbog njega.

Tog dana vraćala se iz prodavnice kada ga je primetila kako ide iza nje. Po običaju, namerno je zavrtela bedrima više nego što je potrebno. Dok je tako hodala, zamišljala ga je iza sebe, kako joj posmatra dupe dok mu se diže kurac. Ali dok je tako vrtela bedrima, osetila je kako se i ona malo uzbudila. Ženstvenost se u njoj probudila, od njenih pokreta ili zamišljanja klinačke erekcije iza svojih leđa.

Nije obraćala puno pažnje na to. Skrenula je ka njihovoj zgradi, popela se uz stepenice i krenula ka liftu. Znala je da će on ući za njom i da će razgovarati o nekim glupostima, dok će on pokušavati da sakrije uzbuđenost. Ali tog dana bilo je drugačije. Nije ušao za njom u zgradu. Popela se liftom do svog stana, ostavila stvari u kuhinji a onda ušla u spavaću sobu da zatvori prozor.

Onda ga je videla ispred zgrade. Stajao je zagrljen sa devojkom na ulici. Nije bilo prolaznika, a i oni nisu izgledali kao da bi obraćali pažnju na to. Lazar je držao ruku na dupetu svoje devojke i snažno je pribijao uz sebe. Devojka se smejala dok se pretvarala da joj to ne prija, nevešto je pokušavala da se izmakne iz njegovog zagrljaja. Dragana je znala da ga je ona napalila i da je ona bila odgovorna za tu strastvenu scenu. Osetila je da je ljubomorna na tu devojku, kao da je ona dobijala nešto što je bilo namenjeno njoj.

Znala je da neće moći da prestane da ih gleda, pa je povukla zavesu ispred svog lica, da bi se sakrila. Njena ruka, bez ikakve svesne namere, spustila se između njenih nogu. Dodirivala je pičku, stezala je dlanom kroz farmerke dok je posmatrala Lazara sa devojkom. Znala je da neće moći da prestane sa tim. Otkopčala je farmerke i zavukla ruku u gaćice.

Ponovo je pogledala kroz prozor. Zamišljala je da je ona na mestu te devojke. Želela je da je taj klinac iz komšiluka uhvati za dupe, kad već niko dugo nije. Maštala je o tome kako se vataju u hodniku, kako mu uzima kurac u ruku i uvodi u prazan stan. Kako ulaze u sobu u kojoj je tad masturbirala i kako ležu na krevet pored kojeg je stajala. Zamišljala je sebe kako širi noge pred njim, kako on ulazi u nju i jebe je mladalačkom strašću čitav dan.

Svršila je tog dana gledajući ga na ulici, sa prstima koji su brzo trljali klitoris, savijenih kolena koja su se drhtavo dodirivala dok je orgazam prolazio njenim telom.

Lazar je primetio njene poglede u liftu, i znao je da je primetila koliko je uzbuđen. Bilo mu je drago zbog toga. Bilo je nečega u načinu na koji ga je gledala zbog čega je mislio da ne treba da krije erekciju. Namestio se malo bolje i pogledao je.

"Šta sa vama? Ne žurite nigde?"

Slegla je ramenima.

"Ne baš. Već sam ručala", pogledala ga je u oči, "A muž mi nije kod kuće "

Lazar se onda setio njenog muža. Biznismen koji je bio čest gost hotela u kome je radio. Nikad ga nije video samog. U njegovom društvu su uvek bile mlade devojke, i svaki put različite. Znao je da su to prostitutke, ili klinke sponzoruše. Šteta, pomisli Lazar, šteta da ovako dobra riba bude sama kući. Želeo je da on bude taj koji će joj dati ono što zaslužuje. Maštao je kako je jebe tu u liftu i kako joj prska lice, kako spermom zaliva njenu crvenu farbanu kosu. Kurac ga je sve više žuljao dok je posmatrao i maštao. Pokušao je da se bolje namesti.

Dragana ga je gledala dok se prebacuje s noge na nogu, pokušavajući da smanji napetost.

"U redu je"

Lazar je pogledao upitno.

"Šta je u redu?"

"U redu je da ga izvadiš napolje. Ja sam velika devojka"

Nije znao šta da odgovori, to ga je previše iznenadilo. Dragana ga je slobodno gledala između nogu grickajući usnu, a onda je ponovo progovorila.

"Ovaj lift neće nigde uskoro. I nema nikog drugog da te vidi. Možda ja nisam devojka koja je učinila da se taj kurac digne, ali ja mogu da ti pomognem da ga spustiš"

Posmatrao je kratko razmišljajući šta da radi, a onda je brzo otkopčao šlic i izvadio ga. Uzdahnuo je glasno kad ga je oslobodio uskih pantalona. Uzeo ga je u ruku i koraknuo ka njoj. Ona se približila zidu i odmah podigla ruku.

"Ne, ne tako. Nismo se razumeli. Samo nisam htela da zbog mene trpiš"

Posmatrala ga je dok se ponovo naslanjao na zid i počinjao da drka. Nije mu to rekla jer je htela da pomogne. Želela je da ga gleda dok drka. Prošlo je dugo vremena od kako je videla podignuti kurac, a još duže od kako je neko drkao gledajući je. Nedostajalo joj je to. Znala je da ju muž vara i da je sad verovatno sa nekom od svojih sekretarica ili prostitutki. Zbog toga nije osećala grižu savesti što je stajala ispred dignutog kurca. Ali ipak nije mogla da se tek tako pojebe sa komšijom u liftu.

Nije skidala pogled sa tog velikog štapa kojeg je držao u ruci. Videla je koliko je tvrd i koliko mu je glavić ogroman. Iskusno je procenila da je dovoljno napaljen i da će ubrzo svršiti. Povlačila je dim za dimom dok je osećala kako joj se pička ubrzano vlaži.

Otkopčala je farmerke i malo ih spustila. Htela je da mu dozvoli da vidi koliko je uzbudio, koliko joj se sviđa njegova kurčina. Raširila je noge i pokazala mu bele ovlažene gaćice. Čula je kako je glasno zastenjao zbog toga. Prešla je prstima jedanput preko njih, a onda videla da će početi da svršava. Nije želela da dozvoli da sperma tek tako propadne.

Brzo mu je prišla i kleknula. Bacila je pikavac i otvorila usta širom ispred velikog glavića. Usnama ga je obgrlila i istog trenutka osetila kako joj tečnost zapljuskuje usta. Zatvorila je oči dok su joj se usta ispunjavala spermom. Gutala je tečnost koju dugo nije osetila i činilo joj se da tome nema kraja.

Sklonila je usne sa glavića i oblizala ih. Pogledala je u veliki kurac ispred svog lica. Zadrhtao je još jednom i na glaviću se pojavila nova kapljica sperme. Nasmešila se i ispružila jezik ka njoj. Polizala je sa uživanjem.

Ponovo je stavila kurac u usta. Nabila se na njega što je dublje mogla i uspela da proguta polovinu. "Nisam dugo ovo radila", pomislila je dok ga je vadila iz usta. Nekoliko puta je prešla preko njegovog kurca diveći se dužini, a onda je ustala. Malo je podigla farmerke i krenula nazad ka svom mestu.

Kada se okrenula videla je da se ništa nije promenilo. Kurac mu se nije spuštao a ogroman glavić je i dalje bio uspravljen ka njoj, kao neko gladno nezasito čudovište. Polako je počela da prihvata da je njena pička želela da ga primi. Uzdahnula je. Neko vreme je oklevala, a onda je shvatila da je njena napaljenost već učinila da za njega više ne predstavlja nedostižnu i finu komšinicu. Prošli su to, i više nije bilo potrebe da se pretvara.

Ponovo je otkopčala svoje farmerke. Nekoliko puta je prstima žustro potapšala klitoris preko bele svile, pa je zavukla ruku u gaćice. Uhvatila se za usmine i prodrmala ih nekoliko puta. Onda je savila svoja tri prsta i nabijala ih u sebe dok je palcem trljala klitoris. Sve više joj se vrtelo u glavi.

Ni sama nije znala kad mu je ponovo prišla. Stavila je dlan preko njegovih mišićavih grudi dok su oboje drkali. Milovala ih je a onda je spustila ruku. Prešla je dlanom preko stomaka, rukom preko njegove ruke i uzela mu kurac. Drkala ga je gledajući ga u oči.

Njena pička bila je ispred njegovog kurca i bilo je potrebno samo da je uzme, da joj malo skloni gaćice i nabije ga u nju. Želela je to, ali nije smela da traži. Dok mu je drkala, tajno se nadala da će joj pocepati gaćice, i silovati tu na podu lifta. Samo da ga nabije u nju, i da ona nema osećaj krivice zbog toga.

Lazar je obema držao za sise, stezao ih je dok mu je drkala. Spustio je pogled na njene bele svilene gaćice.

”Dajte mi da je vidim”

Pitala se zbog čega joj je persirao, iako je držala njegov kurac u ruci. Dobro je znala šta je hteo da vidi. Odmahnula je glavom i nastavila da mu drka. Spustila je pogled, a onda je osetila njegove čvrste prste na kosi. Podigao joj je glavu i pogledao u oči dok je dahtao.

”Pokaži mi pičku, hoću da je vidim”

Dragana je i dalje ćutala i drkala mu. Dok je razmišljala šta da radi, osetila je njegove ruke na svojim bokovima. Okrenuo je i gurnuo ka ogledalu. Uhvatio je za farmerke i pustio da skliznu dole, a onda naslonio kurac na njene gaćice. Uzdahnula je kad je osetila tvrdi kurac na sebi. Gurnuo je napred i počeo da se trlja o njeno dupe. Još uvek vlažan od sperme i njene pljuvačke, razmazivao je tečnosti po beloj svili njenih gaćica.

Dlan joj je bio potpuno vlažan a prsti su ulazili sve dublje u njenu pičku. Jednom rukom se naslanjala na ogledalo dok se on snažno nabijao na njega. Pitala se ko je taj mladić i šta je uradila da ga baš toliko napali. U ogledalu je videla da je otkopčao košulju. Njegove mišićave grudi su se pojavile pred njom. Stenjala je kad je videla to.

Veliki kurac se i dalje trljao o nju kad je osetila kako je zgrabio za dlan. Izvadio je njenu mokru ruku iz gaćica, a onda nastavio ono što je ona počela. Kad je osetila njegove čvrste prste na pički, zatvorila je oči i glasno zamumlala. Snažno ih je nabijao u nju dok joj je palcem brzo trljao klitoris.

Prijalo joj je što je osetila prave muške ruke na sebi i njegove prste u svojoj vlažnoj pički. Mogla je da oseti njegove čvrste mišiće na svojim leđima, dok joj je dlanom prelazio preko sise. Počela je da svršava. Tiho je stenjala i posmatrala njihov odraz u ogledalu dok joj je orgazam prolazio telom.

Lazar je nastavio da se trlja o nju. Sklonio je ruke sa njene pičke i mokrim prstima joj je raširio jaknu. Povukao je pertlu mašnice koja je zakopčavala njenu čipkanu majcu, i ona se raspetljala. Dragana je udahnula duboko kad je raširio majcu pred njima. Oboje su u ogledalu gledali šta radi. Ponovo je zgrabio za sise i nekoliko puta ih stegnuo. Ispod majce je već mogao da oseti njen brushalter.

Nije ga prekidala dok je raskopčavao, ali je bilo malo stid. Njene grudi više nisu bile kao u dvadesetim. Nije znala kako će da reaguje na njih. Još više joj je raširio jaknu i majcu, a onda spustio ruke niže. Uhvatio je poslednju majcu i povukao je na gore. Njen crni brushalter se pojavio pred njima. Prešao je rukama preko njega, kao da je želeo da oseti tkaninu, pa ga je obema rukama povukao ispod njenih sisa.

Spustila je pogled kad je Lazar uzeo njene sise u ruke. Primetila je da je usporio sa trljanjem. Pogledala ga je i videla da zuri u njene gole grudi kao hipnotisan. Nije imala razloga za stid. Nisu više bile tako zategnute, ali nisu bile ni opuštene. Gledala ih je, i bila zadovoljna njihovim izgledom. Izgledale su poželjno dok su stajale podignute iznad brushaltera, sa čvrstim bradavicama uspravljenim na gore.

Lazar je i dalje prstima prelazio preko njenog brushaltera, a onda je nastavio da se brže trlja o nju. Oboje su gledali njene sise. Talasale su se pod njegovim udarcima i velike bradavice su se pomerale na sve strane. Zgrabio ih je ponovo i stegnuo. Zastenjao je od uživanja. Dragana ga je videla kako zatvara oči i pomislila da će uskoro da svrši.

"Nemoj na gaćice molim te"

Lazar je pogledao i malo usporio. Brzo je skinuo gaćice sa nje. Onda joj je skupio noge i nabio kurac između njenih vlažnih butina. Oboje su glasnije zastenjali zbog toga. Po prvi put je osetila njegova gola bedra na sebi. Gurnuo je napred ka ogledalu i počeo da je jebe između butina.

Osećala je njegov tvrdi glavić na svojoj pički. Zavlačio joj se ispod guze, između nogu i prelazio preko usmina, dok ga je ona natapala svojim sokovima koji nisu prestajali da cure iz nje. Glavom se naslanjala na ogledalo, i osećala kako se ponovo uzbuđuje.

Ponovo je zgrabio za kosu. Povukao je na gore i okrenuo ka sebi. Prišao joj je i raširio joj noge. Dragana se trgnula kad je videla da joj se približava. Koliko god da je bila napaljena, i dalje je imala problem sa jebanjem. Odmah je stavila dlanove preko pičke. Pogledala ga je u oči i odmahnula glavom. Nije želela da prevari svog prevarantskog muža i da se tako lako pojebe sa komšijom, i to mlađim, u liftu.

Osetila je kako joj vlažan i tvrd glavić dodiruje dlanove. Prelazio je preko njih ostavljajući mokar trag na prstima. Dok je posmatrala kurac kako je dodiruje, opustila se. Ispružila je jednu ruku napred, i savila prste oko njegovog glavića. Pustila ga je da prolazi kroz njen dlan.

Osetila je njegove snažne ruke na svojim sisama i uzdahnula. Kroz poluzatvorene kapke videla je da joj se još više približio. Ruka joj je zadrhtala. Osećala je kako mu kurac sve brže prolazi kroz dlan. Približila ga je sebi i pustila da joj glavićem dodiruje usmine. Dok se nabijao ka njoj, pomerala je kurac gore i dole po svojoj pički.

Lazar je čvrsto držao za struk. Spustio je pogled ka njenoj pički. Kurac mu je prolazio između njenih prstiju dok ga je gurao ka pički. Još uvek je bio vlažan od njenih pičećih sokova, i nesmetano je klizio kroz njene dlanove. Njegov glavić je dolazio do njene pičke, očešao bi se o klitoris i malo zašao između usmina. Onda se povlačio u nazad, da bi se ponovo vraćao do njenog vrelog ulaza.

Dragana je uživala u tome. Njen dlan je bio dovoljno mokar da bi on nesputano prolazio, a njegov glavić dovoljno tvrd da bi se uzbudila svaki put kad bi se očešao o njen klitoris i na kratko prošao između usmina. Sa svakim dodirom glavića po klitorisu, i malim nabadanjem u nju, osećala je kako se sve više gubi. Izgledalo je kao da je stvarno jebao. Bilo joj je dobro, a nije osećala grižu savesti. Sve je bilo kao da su se jebali, osim što se nisu jebali. Osim što nije dobila ono što želi. Da oseti tu kurčinu u sebi.

Osetila je kako drhti od nestrpljenja pred njim. Sve teže je sebi mogla da objasni zbog čega se sputavala. Onda je shvatila da je već prešla granicu, i da je i to što je radila bila neka vrsta jebanja. I da ako se već jebe, onda treba da se jebe na pravi način.

Duboko je uzdahnula. Sklonila je dlanove sa njega i stavila ruke opuštene pored bokova. Lazar je zastao za trenutak i pogledao je. Želeo je da proveri da li je sigurna. Onda ga je polako ali odlučno gurnuo u njenu pičku.

Dragana je glasno kriknula kad ga je konačno osetila u sebi. Zatvorila je oči i podigla ruke na njegova ramena. Počela je da svršava već kad je glavić nestao u njoj. Orgazam joj se pojačavao sa svakim novim santimetrom kojeg je primala u sebe. Spustila je glavu ka njemu i naslonila na njegove grudi dok joj se telo treslo u ekstazi.

Kad ga je Lazar nabio u nju do kraja, nije stigao ni da ga izvadi, a već je bio počeo da svršava. Izvukao ga je iz nje i povukao je na dole. Savila se u struku dok je i dalje svršavala. Skupila je kolena i prstima brzo prelazila preko klitorisa. Gledala je u glavić i čekala. Osetila je da joj kolena podrhtavaju zajedno sa bedrima, pa je kleknula na pod. U istom trenutku osetila je spermu koja joj je isprskala lice. Disala je ubrzano raširenih usana, svršavala i primala njegovu tečnost na sebe.

Kad je otvorila oči, Lazar je povukao na gore. Naslonio je na zid i zgrabio za sise. Dok je gledao u oči prstima joj je skidao spermu sa usana. Približio joj se i strasno je poljubio. Uzvratila mu je. Jednom rukom držala mu je vlažni kurac a drugom mu je milovala dupe. Imala je osećaj da se tad prvi put stvarno gledaju, da tek tad upoznaju jedno drugog.

Dok joj je on i dalje gnječio sise, prislonio je usne njenom uvetu.

"Hoću da vas jebem"

Kad, pomislila je. Upravo je svršio dva puta za redom, i ona se nadala da neće zauvek ostati u liftu. Klimnula je glavom. Naravno da će mu dati da je jebe. Ionako je već bio ušao u nju. Komšije su, viđaće ga i želela je da ga ima još neki put.

Odmaknuo se od nje i ona je ponovo spustila pogled ka njegovom kurcu. Na njemu je i dalje bilo ostataka sperme. Malo je oklevala, kao da se stidela, a onda se spustila na kolena. Ukus joj se previše dopao da bi odustala od toga. Dok ga je oblizivala primetila je da je počeo da se spušta. Još jednom ga je stavila u usta a onda je ustala.

Lazar se vratio tamo gde je stajao na početku i ponovo naslonio na zid. Uzela je maramicu, oblizala je usne i prišla ogledalu da skine spermu sa lica. Lazar je podigao ruku.

"Nemojte"

Zastala je.

"Molim vas ne. Izgledate prelepo tako"

Oklevala je malo sa maramicom u ruci, iznenađena tim čudnim komplimentom. Zapitala se da li se kaže hvala kad ti neko kaže da ti sperma dobro stoji? A onda se pogledala u ogledalu. Njegova sperma bila je po čitavom njenom licu. Nije mogla da veruje da neko može da izbaci toliko semena. Činilo joj se da dugo nije svršio. Dobila je jedan mlaz preko celog lica, jedan je završio posred čela, obrva joj je bila potpuno bela a njegova tečnost je curila i sa obraza i ivice oka. Čak se i sa njene crvene kose slivala jedna velika gusta kapljica. Složila se, njegova sperma joj je lepo stajala. Odustala je od brisanja i vratila se na svoje mesto.

Ponovo je stala naspram njega. Stajali su kao na početku i posmatrali se. Sve je bilo isto, osim što je njegov kurac tad bio vlažan od njene pljuvačke i virio iz otkopčanog šlica, a ona stajala sa gola, sa farmerkama oko članaka, raširene majce, otkrivenih sisa i lica prekrivenog njegovom spermom. Svašta može da se desi za manje od sat vremena, pomislila je. Primetila je koliko je posmatra sa zanimanjem pa je odustala od podizanja gaćica. Čak je još malo više raširila jaknu i majcu, da bi joj bolje video sise.

I ona je uživala u pogledu. Mladić ispred nje je posmatrao sa još uvek vatrenim požudim pogledom. Njegova košulja bila je raskopčana i mogla je lepo da vidi njegove mišićave oznojane grudi. Taj znoj i tu požudu je ona izazvala i bila je ponosna na to. Ponovo je počela da dodiruje pičku dok ga je gledala. Onda je spustila pogled na njegov kurac. Učinilo joj se da ponovo počinje da mu se diže. Posmatrala ga je u neverici dok se dizao sve brže. Njena usta su se sve više otvarala od iznenađenja, dok je gledala kako on ponovo postaje spreman za akciju.

Podigao se i ponovo postao čvrst za svega nekoliko sekundi. Zurila je u njega dok ga je on uzeo u dlan i nekoliko puta prešao preko njega. Nije prošlo ni sat vremena od kako su ušli u lift, a on je već bio spreman da je pojebe treći put.

Trgnula se kad je krenuo prema njoj sa kurcem u ruci. Malo se uspravila. Čim joj je prišao naslonio joj je kurac na ulaz i odmah ga zabio unutra. Tako brzo je ušao da joj se zavrtelo u glavi. Nije znala da li je ikad primila toliki kurac u sebe.

"Ko si ti?"

I gde si bio do sad, pomislila je.

Osetila je kako je podiže. Njena stopala više nisu bila oslonjena na pod. Držao je u svojim čvrstim rukama dok je jebao. Pogledala ih je u ogledalu pored njih. Videla je kako je čitavo njeno telo podrhtavalo od njegovih snažnih nabijanja. Njene sise su se tresle dok je ulazio a sperma sa njenog lica je pljuskala na sve strane. Držala se jednom rukom za njegov vrat, a drugu nije sklanjala sa svoje pičke.

"Ko si ti? I zašto... zašto... me nisi... ranije jebao?"

Tresla se sve više u njegovim rukama dok joj je ljubio sise. Osetila je da počinje da svršava. Zarila je nokte u njegova leđa, a onda je glasno kriknula od zadovoljstva. Ugrizla ga je za vrat da ne bi vrištala glasnije. Nabijao se u nju sve dok njeno telo nije prestalo da se trese. Onda je spustio na pod. Čim je osetila pod ispod stopala, sama je kleknula. Nije mogla da stoji. Obamrla i potpuno zadovoljena, kao u nekom polusnu ponovo je primala spermu na lice. Kad je prskanje prestalo, poluzatvorenih očiju prišla je glavistu i stavila usne na njega. U tom trenutku začuli su zvono lifta.

U zanosu nisu ni primetili da se lift popravio i sam krenuo na dole. Raširenih očiju posmatrali su vrata kako se otvaraju. Na njima je stajala Ana, obučena za izlazak. Imala je ravnodušan pogled sve dok ih nije ugledala. Draganu, onako oblivenu spermom, nije ni prepoznala u prvom trenutku. Nije mogla ni da zamisli svoju uvek ozbiljnu komšinicu polugolu na podu lifta. Široko raširenih očiju posmatrala je Lazara koji je pored nje držao svoj veliki vlažni kurac. Tek onda je videla da je devojka sa njim Dragana, koja je golih raširenih nogu i golih sisa klečala ispod njega oblivena spermom. Začuđeno je zurila u Draganu, a onda se okrenula ka Lazaru.

"Ma, daj!"

Žustro je udarila petom o pod a zatim otišla na stepenište.

Dragana ga je pogledala.

"Šta to bi?"

Odmahnuo je rukom.

"Duga priča"

Pomogao joj je da ustane. Oblizala se i obrisala ostatak sperme. Lazar je pritisnuo dugme za njen sprat. Dok su stigli, oboje su bili obučeni i sređeni. Dragana mu je prišla i poljubila ga. Onda ga je još jednom uhvatila za kurac.

"Hvala ti. Imaš neverovatan kurac. Nemoj da ga štediš"

Nasmešili su se jedno drugome i ona je otišla. Pre nego što su se vrata zatvorila, vratila se i zaustavila ih rukom.

"Ako ti ikad zatrebam... Znaš"

Klimnuo je glavom. Znao je da zna da će mu trebati.

# Nestašne rođake

L azar je ulazio u zgradu noseći veliku čokoladu u ruci. Žurio je ka Dragani. Po prvi put ga je pozvala u svoj stan. Verovatno joj je bilo dosta jebanja u liftu. I dosta toga da bude sama u stanu. Kupio joj je čokoladu, smatrao je da bi to bilo prikladno. Cveće bi bilo preterano, a da ode praznih ruku bi bio znak nepoštovanja.

Ušao je u zgradu i odmah primetio zgodnu devojku koja je čekala lift. Okrenula se ka njemu i odmerila ga dok joj je prilazio. Nikad ranije je nije video u zgradi. Bio je siguran u to, takvo telo ne bi zaboravio. Usporio je korak da bi mogao duže da je gleda.

Devojka se okrenula ka liftu. Imala je dugu smeđu kosu koja joj je padala preko tanke crne jakne. Oko zgloba jedne ruke nosila je gomilu svetlucavih narukvica. Bila je utegnuta u bele farmerice pripijene uz njeno dupe, koje su činile da ono izgleda savršeno. Možda čak i bolje nego Draganino. Oko njenog struka nehajno je visio srebrnkasti metalni kajš. Nosila je crne čizme sa visokim petama, a oko članka jedne noge takođe je stajao neki lančić. Izgledalo je da je glavna namena svega što je nosila bila ta da privuče pažnju. Bila je mlada. Lazar je pretpostavio da je bila studentkinja koja je iznajmila stan u zgradi.

Dok su čekali lift primetio je kako ga gleda. Kad su se vrata otvorila, pokazao joj je rukom da uđe prva, još jednom je dobro osmotrio a onda ušao za njom. Ona je stala nazad. Sačekala je da on pritisne dugme za svoj sprat, a onda je ona pritisnula dugme sprata iznad. Oboje su se naslonili na zid i lift je krenuo. I dalje je osećao njene poglede na sebi. Okrenuo se ka njoj i ona mu se nasmešila.

"Poklon za devojku?"

Pokazala je na čokoladu. Lazar je pogledao u poklon, razmišljajući šta da kaže.

"Volim slatko"

Nasmešili su se jedno drugom. Lazar je pogledao sa interesovanjem. Imala je lepo lice. Procenio je da je imala 20 godina, mada je mogla da ima i 25 ili 18. Pogledao je na sat i video da ima malo vremena. Hteo je da malo popriča sa njom pre nego što ode do Dragane. Zavukao je ruku u džep i zaustavio lift.

Devojka u prvom trenutku nije reagovala. Instinktivno je pogledala ka vratima, a onda napravila uplašeno lice i pogledala u Lazara.

”Šta sad da radimo? Kako se ovo desilo?”

Lazar se iznenađeno okrenuo ka njoj. Nije očekivao da se tako uplaši.

”Ne boj se, to se ovde često dešava. Siguran sam da će uskoro...”

Devojka mu se približila i uhvatila ga za biceps.

”Ali ja se tako plašim. Prvi put sam u velikom gradu, i sad još i lift da se ovako zaustavi...”

Osetio je potrebu da je uteši, pomiluje po glavi i zagrli. A onda je malo bolje pogledao. Nije mogla da prevari prevaranta. Kad je naslonila glavu na njegovo rame osetio je da joj telo blago drhti pored njega. Ali, znao je da nije uplašena, nego samo napaljena. Stavila mu je ruku preko svog struka i pogledala ga.

”Jel možeš bar da me zagrliš? Puno bi mi značilo”

Stavio joj je ruku preko ramena i obuhvatio oko struka. Odlučio je da još malo igra njenu igru, da vidi gde će ih to odvesti. Ona ga je zagrlila oko struka. Ispuštala je zvuke zadovoljstva, kao da ju je taj zagrljaj utešio. A onda se jedna njena ruka polako sa leđa spustila na njegovo dupe. Milovala ga je ćutke sa glavom na njegovoj mišci.

U svakoj drugoj situaciji njegova ruka bi se odavno već našla na njenom telu, verovatno bi je zgrabio za njeno lepo dupe i privukao sebi. Ali sada je samo želeo da vidi šta će ona da uradi.

Drugom rukom ga je oprezno uhvatila za kurac. Stegnula ga je kroz pantalone i pomerala ruku po njemu. Priljubila se uz njega. Osetio je kako se njena bedra polako pomeraju po njegovoj butini. Pogledao je ka njoj i tek tad primetio da je već bila spustila svoje farmerke dole. Stajala je samo u gaćicama dok je trljala pičku o njega. Pokušala je da mu otkopča šlic ali joj nije dozvolio. Bilo je to veliko iskušenje, ali hteo je da se čuva za Draganu. Još neko vreme je pustio da mu miluje dupe dok se trljala o njega, pa se odmaknuo.

Potražio je dugme za pokretanje lifta u džepu, pogledao je još jednom. Čvrsto ga je držala za ruku, dok je drugom rukom prelazila preko svojih vlažnih gaćica. Njen molećiv pogled ga je ubedio. Znao je dobro kakav je osećaj kad nekome treba zadovoljenje.

Izvadio je ruku iz džepa i prišao joj bliže. I dalje nije imao nameru da je tuca, ali je želeo da joj ubrza svršavanje. Pogledala je ka njemu, privukla glavu i poljubila ga. Jezici su im se prepleli dok mu je ona milovala grudi. Stavila je ruku u gaćice i počela da trlja klitoris. Uhvatio je za sise dok su se ljubili. Zastenjala je.

Odmaknula se od njega i pogledala ga. Držala ga je za vrat dok je rukom sve brže drkala klitoris. Gnječio joj je obe sise i slušao kako je sve brže stenjala. Počela je da svršava. Otvorenih usta puštala je tihe kratke krike dok joj se telo treslo. Gledali su se u oči sve dok njeni pokreti nisu prestali.

Poljubila mu je usne sa izrazom zahvalnosti. Ponovo je izgledala opuštena. Zakopčala je pantalone i on je krišom pritisnuo dugme.

Dok je izlazio iz lifta klimnuo joj je glavom i rekao ćao. Nasmešila mu se i mahnula. Lazar je pomislio da će bar Dragana imati koristi od ovoga. Kurac mu se bio tako digao da je znao da će je odmah izjebati.

Lazar je sutradan ponovo video istu devojku ispred lifta. Stajala je u istoj pozi kao i prethodnog kad joj je prilazio. Samo što je sada pored nje stajala još jedna devojka, identično građena i slično obučena. Kad joj se prijateljica okrenula Lazar se nasmešio.

"Hej Jovana"

Devojka se okrenula i iznenađena uzvratila osmeh.

"Ej, ćao Lazare"

Poljubili su se u obraz.

"Nisam te dugo video"

"Slabo sam bila ovde. Uglavnom putujem. Posao..."

Lazar je klimnuo glavom sa razumevanjem. Pogledao je devojku pored nje i Jovana se setila.

"Da vas upoznam. Ovo je moja sestra Gabriela, a ovo je Lazar"

Pružio joj je ruku.

"Zapravo, već smo se upoznali"

Gabriela je pocrvenela i klimala glavom dok se rukovala.

"Da, juče"

Jovana ih je iznenađeno gledala a onda se upitno zagledala u Gabrielu. Ona je prošla rukom kroz kosu.

"Na kratko. Samo smo pričali", bila je zbunjena i delovala kao da se pravda. Nismo imali vremena ni da se predstavimo. Kako se beše zoveš?

"Lazar"

"Eto, tek sad prvi put čujem"

Onda se okrenula ka Lazaru.

"Čekaj. Lazar?"

Gledala ga je neko vreme a onda se okrenula ka Lazari.

"Onaj Lazar?"

Ponovo ga je pogledala i dobro ga odmerila.

"Pa onda, jako mi je drago što smo se upoznali"

Pogledao je Jovanu. Video je da je malo pocrvenela. Mogao je da pretpotavi šta joj je pričala. Ušli su u lift dok ga je Gabriela i dalje posmatrala sa interesovanjem. Lazar je primetio sličnost.

”Znači, sestre?”

Jovana je zavrtela dlanom levo desno.

”Paaaa... rođake. Zovem je sestrom zbog toga što... Znaš već”

Zagrlila je i približila ubraz uz njen, da mu pokaže koliko su slične. Lazar se nasmešio i klimnuo glavom. Lift je stao i one su izašle. Jovana se nečeg setila i rekla Gabrieli da će doći kasnije. Delovala je uzrujano kad se okrenula ka Lazaru.

”Ona je moja rođaka. Daleka. Zapravo, naše porodice su više prijatelji nego što su rođaci. A zbog toga su je i poslali kod mene”

Lazar je pogledao začuđeno. Klimnula je glavom i nastavila.

”Ona ima ozbiljan problem, i zbog toga je došla ovde na lečenje”

Još više se začudio.

”Ona? Ne izgleda mi bolesno”

”Nisam ti objasnila. Ona... Pa, ne može jednostavnije. Ona je seksualni zavisnik”

Lazar je otvorio usta.

”Ma šta kažeš?”

”I meni su dali u zadatak da brinem o njoj dok je na odvikavanju”

Pokušao je da je zagrli. Sklonila mu je ruku.

”Šta to radiš?”

”Hteo sam da te zagrlim. Da te utešim...”

”Skini ruke s mene”

”Nekad si volela te ruke”

Jovana se smirila.

”Izvini. Sve ovo je izgleda preteško za mene. Stalno moram da je kontrolišem i pazim šta radi”

Prišao joj je i zagrlio oko struka. Nije se više bunila. Pogledala ga je ozbiljnim pogledom.

”U svakom slučaju, ona ne postoji za tebe. Nije cilj. Ok?”

Lazar je razmišljao. Privukao je bliže sebi.

”Pa, ne znam. Koliko sam ja tu dobar, šta ja dobijam?

”Moje poštovanje”

Klimnuo je glavom pretvarajući se da mu je to važno. I dalje je držao ruke oko njenog struka, osećajući da mu to sve više prija. Jovana nije obraćala pažnju na to, nastavila je priču.

”U svakom slučaju, ono što je važno je da ja putujem, i da neću biti ovde sledeća dva dana. Neću moći da budem sigurna da će ona poštovati dogovor i da neće izlaziti. U stvari, sigurna sam da će pokušati da izađe. Zbog toga hoću da mi obećaš da ćeš paziti na to s kim se ovde druži”

Ponovo je klimnuo glavom sa razumevanjem.

”I najvažnije od svega. Šta god da radiš, ne približuj joj se. Sad joj to ne treba”

I dalje je klimao glavom. Jovana ga je nestrpljivo pogledala.

”Da te pitam nešto”

”Da?”

”Šta tvoja ruka radi na mom dupetu?

Slegnuo je ramenima, kao da se to podrazumeva.

”Samo pokušavam da te utešim”

Odmaknula se i uperila prst ka njemu.

”Samo se drži dalje od nje”

Jovana je bila njegova velika prava ljubav, ukoliko je on uopšte bio sposoban da je oseti. Zabavljali su se još u srednjoj školi, nakon Jelene, i on je bio taj koji joj je uzeo nevinost. Nikad se nije pokajala zbog toga. Bio je nežan i pažljiv, i puno iskusniji od nje iako su isto godište. Raskinuli su onda kad ona više nije mogla da trpi njegove stalne prevare. To je bio verovatno prvi put da je postao svestan da ne može da odoli iskušenjima žena. Nakon nje, svaku sledeću je varao i nikad nije bio u dugoj i ozbiljnoj vezi. Pokušavao je da je vrati puno puta tokom godina, ali uvek bez uspeha.

Pet minuta kasnije, bio je pred njenim vratima. Ona ih je otvorila.

”Znaš, nešto sam razmišljao. Ono je bio dobar dogovor, u stvari odličan. Ali sad trebamo da zapečatimo dogovor”

”Da zapečatimo dogovor?”

Klimnuo je glavom. Ugrizla se za usnu kratko razmišljajući a onda se nasmešila. Krenula je napolje a onda se setila i provirila unutra.

”Gabriela, idem napolje, vraćam se za deset minuta”

Ponovo je krenula napolje. Videla njegov pogled pa se ponovo okrenula ka vratima.

”Pola sata. Možda i malo više”

Gabriela se pojavila na vratima. “Oh”, iznenadila se kad je videla Lazara. Odmerila ga je od glave do pete. Klimnula je glavom i sačekala da uđu u lift.

Čim su se vrata lifta zatvorila Jovana je skočila na njega. Poljubila ga je strasno. Rukama mu je otkopčala šlic, izvadila mu kurac i počela da ga drka. Uhvatio je za dupe i gurnuo na zid. Dok mu je drkala raširila je noge i otkopčala šlic na farmerkama. Podigao je držeći je za butine. Onda su začuli zvuk zvona i vrata su se otvorila.

Napolju je bio poluosvetljen hodnik. Podrum je bio "njihovo mesto" još od srednje škole. Onda kad nisu imali mnogo izbora. Oboje su pogledali napolje, sećajući se koliko puta su se jebali tu. Lazar je koraknuo ka vratima, i dalje je u rukama držeći je za dupe. Njene noge su bile obavijene oko njegovog struka. Zastali su na vratima lifta, što je bilo jedno od njihovih omiljenih mesta u podrumu. Bilo je bezbedno jer bi čuli ukoliko bi neki komšija sišao stepenicama, a liftom niko nije mogao jer su vrata bila otvorena.

Poljubio je dok se trljao kroz farmerke o njena bedra. Uzvratila je poljubac a onda ga blago odgurnula i podsetila.

"Nemamo puno vremena"

Brzo su otkopčali pantalone jedno drugom i pustili ih da padnu. Prešao joj je rukom preko gaćica i video da su vlažne. Znao je da ne voli da čeka dugo kad je napaljena. A znao je i koju pozu najviše voli u podrumu. Pljesnuo je po dupetu i ona se sama okrenula.

Spustila je gaćice do kolena, podigla ruke na zid i naguzila se. Odmah ga je gurnuo u nju i počeo da je jebe. Prošle su godine od kako je to radio sa njom, ali izgledalo je kao da nikad nisu prestajali. Voleo je da je guzi i voleo da posmatra njeno lepo dupe dok je jebe. Uživala je u toj pozi pa je i on uživao zbog toga.

Onda je primetio neko pomeranje sa strane. Okrenuo je glavu i video da je neko polako silazio niz stepenice. Zagledao se i video Gabrielu. Znala je zbog čega su otišli onako naglo. Pratila je gde je lift išao, pa je sišla za njima.

Zastala je na kratko na stepenicama kad je primetio. Kad je videla da on samo mirno nastavlja da joj guzi rođaku, polako je otkopčala šlic. Spustila se do poslednjeg stepenika, gurnula ruku u gaćice i odmah počela da drka. Lazar nije prekidao jebanje. Samo je posmatrao Gabrielu i razmišljao o tome kako bi je rado pojebao.

Jovana je stenjala glasno ispred njega. Trljala se brzo između nogu i svršila tako što se i sama nabijala na kurac. Lazar je nastavio nabada kurac u nju od pozadi. Kd ga je izvadio, uhvatio je Jovanu za glavu i okrenuo je ka sebi. Postavio je tako da joj guza bude okrenuta ka Gabrieli. I dalje je bila savijena u struku dok ga je posmatrala. Uzeo je kurac u ruku i nekoliko puta je glavićem udario po obrazu.

"Jel ti nedostajalo ovo?"

Nije ništa rekla. Podigla je glavu dok joj je kurac dodirivao lice. Onda ga je i sama uzela u ruku i nekoliko puta se snažnije udarila njime po obrazu. Kleknula je, uzela ga u usta i počela da puši.

Lazar je gledao Gabrielu. Stajala je iza Jovaninih leđa i zadigla majcu. Jednom rukom je snažno gnječila sisu dok ih je gledala. Pomerala je bedra, izvijala ih je ka njima dok je drkala. Dok je posmatrao u polutami, Lazar je počeo da zamišlja kako mu ona puši. Odmah je počeo da svršava.

Izvadio ga je i izdrkao na Jovanino lice. Video je da Gabriela još nije svršila. I dalje je stajala na istom mestu u hodniku i drkala. Nije mogao da dozvoli da Jovana ustane jer bi je odmah primetila. Zbog toga je uhvatio za glavu i ponovo joj nabio kurac u usta. Ona ga je uzela na kratko a onda ga izvadila.

"Ne možemo više, moram da idem"

Uzela je farmerke u ruke i ustala. Lazar se pitao kako da je zaustavi.

"Što?"

"Moram da pazim na Gabrielu"

Lazar je gledao Gabrielu koja je i napaljeno dalje drkala iza Jovaninih leđa.

"A ona baš voli da se jebe?"

Jovana se nasmešila dok je zakopčavala farmerke.

"Skoro kao ti"

Lazar je razmišljao kako da napali Gabrielu da bi što brže svršila.

”Dobra je ona riba. Siguran sam da ima puno tipova koji bi je jebali”

”Ja sam sigurna da mnogi od njih i jesu”

”Šta si joj rekla za mene?”

”Rekla sam da imaš veliki i lep kurac”

”I? šta još?”

”Samo to”

Uzeo ga je u ruku i pogledao.

”Pa jeste, baš je lep”

”Baš si skroman”

Oboje su gledali u kurac dok ga je uzimao u ruku i počeo da ga drka. Uhvatio je Jovanu za potiljak i blago je gurnuo dole. U početku je oklevala, ali nije odolela. Ponovo se savila u struku. Obuhvatila ga je usnama i nabila se na njega. Lazar je obema rukama držao za glavu dok je gledao u Gabrielu. Video je kako je ćutke svršavala dok je gledala u njih. Njena ruka se brzo pomerala u gaćicama a onda joj je telo klonulo i prestala je da se pomera. Ponovo ga je pogledala kad je zakopčala šlic. Mahnula mu je dok se okretala ka stepenicama. U polumraku je nogom zakačila neku kutiju.

Jovana se naglo uspravila i pogledala ga.

”Šta je to?”

”Ništa, verovatno samo mačka”

Ponovo joj je držao ruku na potiljku, ali ona se već bila uspravila.

”Moramo da idemo”

Kada su se kasnije rastajali, na vratima se okrenula ka njemu pre nego što je ušla u stan.

”Ako imaš ikakvu želju da ponovo budeš sa mnom, trudićeš se da se držiš dalje od Gabriele”

Lazar je obećao da će tako biti. A to je i mislio. Jovana mu je previše značila da bi rizikovao da se naljuti na njega. Osim toga, smatrao je da njen zahtev nije nerazuman, ni previše težak. Gabriela je bila samo klinka koja je ličila na Jovanu.

Dok je sutradan koračao ka zgradi, neko ga je pozvao po imenu. Okrenuo se i video Gabrielu kako trči ka njemu.

"Lazare... Ćao"

Dodirnula mu je mišku i poljubila u obraz.

"Baš mi je drago što sam te srela. Ne poznajem nikoga ovde. Baš je dosadno šetati sam"

Samo je ćutke klimnuo, pa je ona nastavila.

"Kako si ti?"

"Dobro je, malo umorno, idem s posla"

"Aha, super... Šta misliš, mogao bi da mi pokažeš grad kasnije? Mislim, da odemo na piće, ili tako nešto, malo prošetamo..."

"Voleo bih to, ali stvarno nemam vremena"

"A da, u pravu si, to bi dugo trajalo, uzela bih ti puno vremena. Onda bi mogao kod mene na piće. Sama sam i baš se osećam nekako usamljeno. Mogli bismo da popričamo... Da se malo bolje upoznamo"

Lazar je ćutao dok su ulazili u zgradu. Stali su isprad lifta. Ona ga je posmatrala i konačno se osmelila.

"Hvala što me juče nisi odao"

Klimnuo je glavom.

"Nema frke. Samo nemoj to da ponoviš i sve je ok"

Ušli su u lift, Lazar je posmatrao dok je pritisnula dugme najvišeg sprata.

"Zar ti ne stanuješ na drugom spratu?"

Nehajno je slegnula ramenima.

"Imam viška slobodnog vremena", pogledala ga je u oči, "Upoznajem zgradu i stanare"

Polako mu se približila i dodirnula mu mišku. Nije se pomerio.

"Zašto si takav? Samo hoću da se upoznamo"

Znao je da je najbolje da samo gleda ispred sebe. Tako će iskušenje biti najmanje. Odmaknuo se od nje i razmišljao kako da promeni temu.

"Jel te Jovana zvala? Šta ti je ono bila pričala o meni?"

Gabriela ga je posmatrala dok je grickala donju usnu.

”Rekla je da imaš najveći kurac kojeg je videla. U to sam se i sama juče uverila”

”Šta osim toga?”

To ga je iskreno zanimalo.

Ponovo mu je stavila ruku na rame.

”Oh, razne stvari”

Drugu ruku mu je stavila na stomak i polako je spuštala dole.

”Recimo, rekla je da si najbolji jebač kojeg je imala. Da si je najbolje izjebao”

Lazar je progutao knedlu pokušavajući da ne reaguje kad je osetio njene ruke na svom kurcu.

”I rekla je da ti je najveća mana to što voliš da zavodiš žene. Da tucaš koju stigneš. I gde stigneš. Na poslu... Kafiću... U diskoteci... U liftu...”

Njeni prsti su prelazili preko njegovog kurca dok je nastavljala.

”Moja sestra mi je zabranila da te viđam. Kaže da si ti opasan. Da ćeš me iskoristiti. Oćeš da me iskoristiš?”

Zavukla mu je ruku u pantalone i uhvatila mu kurac. Lazar je znao da mora da je prekine ili joj neće još dugo odolevati. Izvadio joj je ruku.

”To se neće desiti”

Izašao je kroz otvorena vrata lifta i krenuo stepenicama na dole, ka stanu. Stala je na vratima i pogledala ga.

”Zašto ne? Zar ti se ne sviđam?”

Glas joj je bio molećiv, zvučalo je kao da će zaplakati. Gledala ga je dok je odlazio a onda se nasmešila i vratila u lift.

Gabriela je bila ubeđena da će ga imati. Što je više bežao od nje, i što joj je više sestra branila da mu se približi, to joj je bio zanimljiviji.

Čim je ušla u stan, požurila je da otvori svoj kofer prepun vibratora, dildoa i sličnih pomagala. Odabrala je najveći silikonski dildo koje je imala i zadovoljno klimnula glavom. Onda je iz fioke uzela stare Jovanine slike. Odabrala je one na kojima je bila sa Lazarom. Brzo je skinula pantalone i gaćice sa sebe. Sela je na krevet i slike poređala pored sebe. Gledala ih je jednu po jednu dok je polako gurala veliki dildo u sebe.

Kad ih je sve pregledala bila je dovoljno uzbuđena. Legla je na krevet preko svih tih slika i odabrala jednu na kojoj su ispali najlepše. Zamišljala je kako je dovela Lazara u stan i kako je on jebe na tom krevetu. Gurnula je dildo u sebe a onda mokrim prstima počela da drka pičku. Trljala je klitoris dok ih je gledala na slici. Razmišljala je kako ne bi imala ništa protiv da ga izjebe zajedno sa svojom sestrom. Ionako nisu bile bliski rođaci, morala je da prizna da je dobro izgledala. Skupila je noge i trljala ih je jednu o drugu dok je dildo bio u njoj. Tako je i svršila, zamišljajući ih sve zajedno na gomili, dok je jebu na tom krevetu.

Lazar je sutradan ponovo naleteo na Gabrielu ispred zgrade. Bilo je očigledno da ga je čekala. Nasmešila mu se kad ga je videla, pa su zajedno ušli u zgradu. Ispred lifta je stajala Ana. To je bio prvi put da joj se Lazar iskreno obradovao. Uvek ga je viđala sa nekom devojkom, ali sad je njena pojava bila osiguranje da se takva situacija neće ponoviti.

Ušli su unutra. Ana je ostala na bezbednoj udaljenosti blizu vrata, a njih dvoje su stali iza nje. Osetio je kako ga Gabriela netremice posmatra. Neko vreme je pokušavao da je ne gleda, a onda je shvatio da su to uzaludni pokušaji. Znao je da mu se ona previše sviđa, od kako je prvi put video.

Ona je to takođe znala. Bilo je nemoguće da mu se ne sviđa, ako mu se sviđala njena sestra. A po onome što je ona videla, njena sestra mu se jako sviđala. Ako su Jovanine priče upola tačne, bilo je pravo čudo što Lazar već odavno nije skočio na nju.

Ana je i dalje mirno gledala ispred sebe. Iza njenih leđa, Lazar se okrenuo ka Gabrieli. Držala je ruku između nogu. Njen dlan se polako pomerao preko njenih slabina. Kad je primetila da je gleda, uhvatila se čvrsto za pičku i stegnula je. Pustila je jezik da se promoli između usana i posmatrala ga poluzatvorenih očiju dok se zavodljivo oblizivala. Spustila je pogled ka njegovom podignutom kurcu, napućila usne i poslala mu poljubac. Ugrizla se za usnu i izgledala kao da se jedva suzdržava da ne skoči na njega. Onda se uhvatila za sise i sa molećivim izrazom na licu, bez glasa pomerila usne - ”jebi me”. Na kraju je stegnula sisu dlanom, a onda je drugom rukom podigla majcu i pokazala mu ih. Ništa nije pomagalo.

Ani se učinilo da je čula nešto, pa se okrenula. Videla je Gabrielu podignute majce, golih sisa i sa jednom rukom između nogu. Pogledala je i Lazara, čije je lice bilo crveno od napaljenosti. Prevrnula je očima i ponovo se okrenula napred.

Lazar je shvatio da je najbolje da izađe iz lifta. Zaustavio ga je na prvom spratu, nešto je promrmljao i izašao napolje. Ostatak puta prešao stepenicama.

Čim je ušao u stan otkopčao je šlic. Znao je da mora da svrši. Mogao je da ode kod neke od devojaka, ali baš je želeo da izdrka misleći na Gabrielu. Seo je na krevet, uzeo ga u ruku i počeo da drka.

A onda se osetio glupo. Bilo mu je čudno da drka sam u stanu. Osim toga, nije mogao tačno da se seti ni kako je izgledala. Ponovo je ustao, zakopčao šlic i odlučio da je ipak bolje da ode kod neke od devojaka. Dok je razmišljao o tome koju da pozove, telefon je zazvonio. Pogledao je nepoznat broj i javio se.

”Halo?”, i glas sa druge strane bio mu je nepoznat.

”Ko je to?”

”Do sad bi već trebalo da znaš moj glas”

Gabriela.

”Odakle ti moj broj?”

”Pa, iz telefona moje rođake. Ipak smo mi sestre, nemamo tajni između nas”

Lazar se svim silama trudio da deluje uzdržano.

”Dobro. Zašto zoveš?”

”Oh, samo da proverim kako si. Jel misliš na mene sad?”

Lazar je ćutao. Pomislio je kako je verovatno čula njegovo uzbrzano disanje kad se javio. Setio se kako Gabriela izgleda. Zamišljao je kako sedi u sobi samo u gaćicama dok priča sa njim. Nije ni pokušao da sakrije svoje uzbuđeno disanje. Ona je prekinula tišinu.

”Jel drkaš na mene sad? Zamišljaš me?”

Pomislio je kako je to zapravo dobra ideja. Da drka dok priča s njom. Tako bi se bezbedno ispraznio. Imao bi osećaj kao da je sa njom, a održao bi obećanje koje je dao Jovani. Ponovo ga je uzeo u ruku. Polako je pomerao dlan po njemu dok je nastavljala priču.

”Nadam se da sam te napalila dovoljno da poželiš da ga izdrkaš”

Zaćutala je na kratko, pokušavajući da čuje šta se dešava kod njega. Nadala se da će ga čuti kako drka, i da to neće kriti od nje.

”U svakom slučaju, samo sam htela da proverim da li si kući. Pre nego što ti pošaljem nešto. Htela sam da budem sigurna da ćeš dobiti u pravom trenutku”

Prekinula je vezu. Telefon je zapištao nakon nekoliko trenutaka.

Bila je to video poruka. Otvorio je i video Gabrielino lice. Samo je ćutke gledala u kameru neko vreme, kao da je želela da mu da priliku da izbliza pogleda njeno lice. Kad je malo odmaknula kameru od sebe, video je da je ona u liftu. Polako je odmicala kameru i u kadar su ušle njene gole sise. Imala je podignutu majcu kao do malopre, dok je stajala pored njega. Njene bradavice su bile nabrekle i izgledala je kao da je jako napaljena. Spustila je kameru niže. Tada je video da joj je druga ruka u gaćicama.

Ni sam nije bio svestan da je počeo brže da drka. Legao je na krevet i nastavio da gleda. Čuo je zvono lifta i video nju kako kreće napolje, kroz vrata koja se otvaraju. Pokazala mu je da je bila u podrumu. Ponovo je okrenula kameru ka sebi i pokazala svoje napaljeno lice. Ušla je u lift, naslonila kameru na šipku pored ogledala, a onda se odmaknula i stala pored vrata. Na isto ono mesto gde je pre nekoliko dana tucao njenu sestru. Svukla je pantalone i gaćice, stegnula sise i uzdahnula. Spustila je jednu ruku do pičke i počela da je trlja.

”Jel ti se sviđam sad?”

Raširila je noge i pomerala bedra dok je drkala. Video je kako je počela da se znoji.

”Dođi i jebi me... Trebaš mi... Molim te jebi me”

Drkala je sve brže zatvorenih očiju.

”Jebi me Lazare”

Video je kako je telo počelo da joj se grči. Ustao je dok je i on drkao sve brže.

”Oh Lazare, Lazare...”

Svršila je vičući njegovo ime. Onda je ponovo otvorila oči i zadovoljno se nasmešila. Prišla je kameri i poslala mu poljubac pre nego što je isključila.

Lazar je gledao u tamni ekran. Stajao je u kupatilu dok je drkao misleći na nju. Sad je imao jasnu sliku u glavi. Isprskao je šolju dok je glasno dahtao.

Kad se vratio u sobu znao je da će teško moći da izdrži da je ne izjebe.

Jovana ga je nazvala sutradan. Stigla je i želela je da od njega čuje da li je sve bilo u redu. Znao je da je zapravo najviše brinula oko toga da li je jebao Gabrielu. Smirila se kad je uverio da Gabriela nije izlazila i da se ni oni nisu družili. Onda su zaćutali. Lazar je prekinuo tišinu.

”Šta misliš... ti i ja.. na starom mestu?”

Jovana je ćutala kratko razmišljajući.

”Ok. Na starom mestu, za pola sata”

Kad je Jovana prekinula vezu, videla je da je Gabriela krišom stajala kod vrata iza nje. Pitala se koliko dugo je bila tu i da li je mogla da čuje nešto. Onda je odustala od razmišljanja i krenula je ka kupatilu.

”Idem da se istuširam”

Gabriela je odsutno klimnula glavom dok je Jovana zatvarala vrata za sobom. Izgledala je kao da napeto razmišlja. Onda se setila i viknula.

”Ići ću kasnije da prošetam”

”Dobro”

Kad je Jovana kasnije izašla iz kupatila, Gabriela joj je viknula iz sobe.

”Lazar je bio”

Jovana je ušla u sobu dok je brisala kosu peškirom.

”Gde je bio, ovde? Kad? Šta je rekao?”

Gabriela je stajala pored ormana. Mučila se da navuče uske farmerke preko crvenih čipkanih gaćica.

”Izvinjava ti se što neće stići da se vidi sa tobom. Valjda mu je nešto iskrslo, tako nešto. Rekao je da će te nazvati, pa ćete se dogovoriti za drugi put”

Jovana je zbunjeno slegnula ramenima.

”Pa dobro, šta da se radi. Čekaj... Jel su to moje farmerke?”

Gabriela joj se nasmešila kad je konačno uspela da zakopča dugmad. Jovana je zavrtela glavom i uzvratila osmeh. Onda se setila.

”Šta s tobom, još nisi otišla?”

”Samo sam čekala da ti prenesem poruku. Sad idem”

Kad je Lazar izašao iz lifta nije video nikog. Pomislio je da Jovana još nije stigla, ili je otišla dublje u podrum. Onda je začuo šuštanje sa strane i nasmešio se kad je video da ga čeka tamo. Polako joj je prilazio, čekajući da mu se oči priviknu na slabo svetlo.

Bila mu je okrenuta leđima i polako mešala bokovima dok joj je prilazio. Nosila je kratku crvenu majcu, koja joj je samo pokrivala sise i gornji deo stomaka. Posmatrao je njeno dupe utegnuto u farmerkama, i već u hodu otkopčao šlic. Dok je stigao do nje, kurac mu je već bio u ruci, spreman za jebanje.

”Nemam puno vremena”

Bilo mu je čudno što šapuće i čudno što se nije okrenula, ali nije obraćao puno pažnje na to. Očigledno joj se žurilo, a htela je da se pojebe. Prišao joj je od pozadi i prislonio joj kurac na dupe dok joj je otkopčavao šlic. Trljao je kurac o njene farmerke a onda ih je povukao na dole. Naguzula mu se dok je skidala gaćice. Prišao joj je i stavio kurac ispod usmina.

Odmah ga je gurnuo u nju. I istog trenutka shvatio da to nije Jovana. Pička u koju je ulazio je bila drugačija. Zapanjeno je pogledao i shvatio da je to Gabriela. Nije se čudio zbog svoje greške. Bile su isto građene, iste visine, imale isto dupe, istu kilažu, čak i istu kosu. Nosila je Jovaninu crvenu majcu i njene farmerke. Jedino što je bilo drugačije su godište, glas i pička. Godine je sakrila senkom, glas šaputanjem a jedno pičkom nije mogla da ga prevari.

Zastao je razmišljajući šta da radi. Ali samo na kratko. Ako je već bila tu, izjebaće je. Ionako je samo čekao na opravdanje da gurne kurac u nju.

Slušao je kako je Gabriela glasno stenjala dok ga je nabijao u nju. Podigla je glavu, širom otvorila usta i ispuštala zadovoljne uzvike. Kad ga je već toliko želela, hteo je da joj pruži potpuni užitak jebanja sa njim. Dok ga je nabijao dublje, slušao je kako je sve glasnije stenjala ali nije usporavao. Htela je da oseti njegov kurac i sada će videti kako to izgleda kad se jebe sa njim. Čuo je kako je izgubljeno počela da hropće od zadovoljstva. U jednom trenutku ga je uhvatila za članak ruke da bi malo usporio ulazak te velike batine u sebe. A onda joj ga je naglo nabio do kraja. Kriknula je kad je osetila njegov udar bedrima po dupetu. Lazar je uhvatio za kosu i povukao joj glavu gore.

”Jel voliš da se tucaš sa mnom?”

Drhtala je dok je osećala kako joj njegova jaja pritiskaju usmine. Bila je zatečena brzinom kojom je ušao u nju. Kolena su joj tako zaklecala, da je u prvom trenutku mislila da će pasti. Kurac joj je potpuno ispunio unutrašnjost i trebalo joj je nekoliko trenutaka da se sabere.

”Da. Da. Volim. Jebi me”

Oslonila je dlanove na zid kad je počeo da je jebe. Zatvorenih očiju glasno je jecala dok ga je primala u sebe. Osećala je kako joj se suze slivaju niz obraz kroz zatvorene kapke. Nikad ranije nije primala toliki kurac. U svom gradu nije ni imala puno jebača, samo se često jebala sa njima. Ogroman kurac u njoj je boleo ali joj je istovremeno donosio neslućene užitke. Njena pička nikad ranije nije bila ovako vlažna, činilo joj se da pušta sokove u mlazovima, samo da bi ga što lakše primila.

Lazar je nekoliko puta snažno pljesnuo po dupetu dok je jebao. Osećala se kao da će se onesvestiti od toga. Sve glasnije je vrištala, njeni krici su odzvanjali podrumom. Znala je da niko ne može da je čuje, a i bilo joj je svejedno. Lazar je konačno jebao i ništa drugo je nije zanimalo. Čula ga je iza sebe.

”Jel ti se sad sviđa moj kurac?”

”O da, obožavam tvoj kurac”

Nije više ni pokušavala da šapuće. Znala je da je već provalio da je ona ta koju jebe. To je još više uzbudilo. Zato što nije odustao kad je saznao, zato što je videla da je i on hteo baš nju da jebe.

”Ohhh, ovo je tako dobro...”

Suze su joj se još uvek slivale niz obraze, kao što su joj se i sokovi slivali iz pičke i vlažile butine. Lazar je posmatrao uživajući u njenom zadovoljstvu. Lupio je dlanom po guzi od sreće.

”Oh, devojko... Imaš tako dobru pičku. Jako mi se sviđa tvoja pičkica”

Gabriela se snažno uhvatila za sisu kad je počela da svršava. Bila je puno glasnija od Jovane, vrištala je u orgazmu. Otpuštala je svu zaključanu energiju, olakšavala je sebi bol i povećavala zadovoljstvo koje joj je pružio njegov kurac.

Baš kad je svršila osetila je kako se kurac brzo izvlačio iz nje. Čula ga je kako stenje iza njenih leđa i osećala kako je lupao glavićem između guzova dok je drkao. A onda je dobila toplu spermu po čitavom dupetu. Čula ga je kako stenje iza njenih leđa dok je svršavao a onda je prskanje prestalo.

Nije znala šta da radi pa je čekala da vidi šta će on da uradi. I dalje je stajala u istoj pozi, nagužena ispred njega. Polako je rukom razmazivala toplu spermu po dupetu dok je slušala kako je zakopčavao pantalone. Potapšao je po dupetu, ušao u lift i otišao. Tad je bila sigurna da je znao da je nju jebao. Da je mislio da je ona Jovana, sačekao bi da se podigne i bilo je normalno da zajedno odu u lift. Ovako je otišao jer nije hteo da prizna da je znao koga je jebao. Gabriela se zadovoljno ispravila dok je oblizivala prste od njegove sperme.

Jovana ga je nazvala sutradan.

"Što si me ispalio juče?"

Trebala mu je samo sekunda da bi shvatio šta se desilo. Do tog trenutka bio je ubeđen da je ona njega ispalila. Shvatio je da je Gabiela bila ozbiljniji igrač nego što je to izgledalo.

"Izvini. Nešto hitno mi je bilo iskrslo na poslu. Nadoknadiću ti to"

"Da, moraćeš"

"Šta radiš sad?"

"Ništa posebno. Gabriela nije ovde, ali ne znam kad će se vratiti, tako da ne mogu da te pozovem... A ne bih da dolazim kod tebe, tako da... Staro mesto?

"Doći ću po tebe usput"

Kad su se ispred Lazara vrata lifta otvorila, Jovana je već čekala u hodniku. Čim je ušla Lazar je zgrabio za dupe i pribio uza zid. Strasno su se ljubili dok su se grlili u liftu. Činilo joj se da je ponovo klinka, uzbuđena pored njega dok su išli na njihovo skriveno mesto. Odjednom je osetila njegov kurac kojeg joj je gurnuo u ruku. Prenula se.

”Čekaj. Ne možemo ovde”

”Naravno da možemo”

Približio joj se želeći da je poljubi, ali ga je odgurnula rukom.

”Prestani”

Lazar je zastao i nasmešio joj se, stavio je ruku u džep i lift je stao. Jovana je pogledala oko sebe. Za trenutak se osetila kao u Matriksu.

”Šta je ovo koji...”

Lazar je mirno nastavio da joj gnječi dupe dok je ljubio u vrat.

”Kako si to uradio?”

Onda je ponovo osetila kako joj je gurnuo kurac u ruku i odustala od pitanja. Drkala mu je dok joj je on otkopčavao šlic.

”Nedostajalo mi je ovo prethodnih dana”

Lazar je uzdahnuo kad je prešao na njene sise. Nosila je istu kratku majcu koju je Gabriela imala na sebi dan pre toga. Jovana je osetila kako joj je rukama zadigao majcu i uzeo sise u ruke. Prijali su joj njegovi dodiri dok mu je mirno drkala.

”I kako si uopšte izdržao da mi ne pojebeš rođaku?”

Prestao je da je ljubi i pogledao je u oči. Spustila je pogled a onda je kleknula ispred njegovog kurca. Uzela ga je u ruku i ponovo pogledala odozdo.

”Stvarno me zanima”

Znao je da može da bar delimično bude iskren. Slegnuo je ramenima.

”Bilo je stvarno teško iskušenje. Baš je dobra pička. Mnogo liči na tebe, naravno da je dobra”

Pušila mu je dok je slušala odgovor. Nastavila je da prelazi usnama preko kurca u tišini, razmišljajući da li da mu kaže. Ponovo ga je izvadila iz usta i pogledala ga.

"Ti joj se izgleda baš sviđaš. Stalno priča o tebi"

"Stvarno? I, šta ti misliš o tome?"

Ponovo je uzela kurac u usta i zaćutala. Smejuljila se sa kurcem u ustima dok se prisećala Gabrieline priče. Probala je da odgovori a da ga ne izvadi.

"Stvarno. Baš se naložila"

Izvadila je kurac iz usta i pogledala ga.

"Izgleda da bi jako volela da te izjebe"

Vratila se kurcu, usnama dodirnula glavić, a onda se setila nečega i ustala.

"U stvari, mogli bismo da je iznenadimo"

Izvadila je mobilni iz džepa i brzo spustila farmerke do butina. Lazar je upitno gledao dok je ona nešto pritiskala na mobilnom, a onda mu je pokazala rukom.

"Klekni dole"

Lazar je kleknuo i svukao joj pantalone do članaka. Nije imala gaćice, malo se zagledao u njenu obrijanu vlažnu ribicu a onda je poljubio. Jovana ga je uhvatila za kosu i povukla mu glavu unazad.

"Hocu da snimimo video za nju, da maloj damo neki materijal da drka. Bolje da drka kući nego da traži jebača napolju"

Lazar je klimnuo glavom i ponovo joj poljubio pičku.

"Ima smisla. Kako ćeš joj dati video?"

Odmahnula je rukom.

"To je lako. To malo njuškalo mi uvek sve pronađe. Ok, sad kad uključim ovo, više je ne pominjemo"

Klimnuo je glavom i ona je uključila kameru. Ponovo se približio njenoj pički. Uhvatio je obema rukama za butine i počeo da joj liže vlažne usmine. Bile su tople i sočne, nabrubrile od želje. Polako je jezikom skupljao sokove sa njih, zamišljajući kako će Gabriela da reaguje kad vidi ovo. Još jednom je polizao odozdo na gore, a onda je ušao jezikom dublje u pičku.

Dok je lizao unutra uhvatio je za dupe i privukao bliže sebi. Želeo je da joj se jezikom nabije što dublje u njenu pičku. Čvrsto ga je stegnula za glavu i zadovoljno stenjala. Nije se toliko prepustila uživanju, koliko je uživala u tome da ih snima, znajući da će Gabriela to videti. Zbog toga je namerno stenjala glasnije nego inače. Ta mala napaljenica je ložila i Jovana bi volela da joj i ona ovako poliže pičku.

Telefon u ruci joj je zadrhtao kad joj je Lazar jezikom dodirnuo klitoris. Pustila je glasan krik. Snimala ga je dok joj je brzo palacao jezikom po klitorisu a onda ga je uhvatila za glavu.

”Jebi me”

Snimala ga je dok je ustajao. Podigao je i uzeo u ruke. Ona ga je obgrlila nogama oko struka i naslonila glavu na šipku. Jednom rukom mu je uzela kurac i postavila ga ispred svoje pičke. Prislonila je mobilni bliže, snimala ga je dok je ulazio u nju.

Povukla je majcu više gore i stavila ruku preko sise, dok je drugom i dalje snimala njegovo oznojano telo. Posmatrala ga je na telefonu kako je jebe, i slušala kako dahće dok se nabija u nju. Njegove snažne ruke su je i dalje čvrsto držale. Skoro se nasmejala od sreće kad se setila kako će Gabriela da uživa dok gleda snimak. Jovana je držala mobilni ispred sebe, i kad Gabriela bude gledala snimak, izgledaće joj kao da Lazar nju jebe.

Uspravila se kad je povukao ka sebi i okrenuo ka ogledalu. Odmah se naguzila. Uzela je kurac u ruku i sama se nabila na njega. Uhvatila se za rukohvat. Mobilni je držala iznad, snimala je u ogledalu sve što rade. Lazar je već krenuo da se nabija u nju, snimala je njegov oznojani torzo i zumirala kameru na njegovo lice.

Kad joj je uzeo mobilni iz ruke, laknulo joj je. Shvatila je da se previše posvetila snimanju, a ovako je mogla da se prepusti uživanju u jebanju. Sad su u kadru bili oboje. Obe ruke je čvrsto držala na rukohvatu, podigla je glavu da je Lazar bolje snimi. Uzdisala je glasno dok je gledala u kameru. Uzbuđivala je pomisao da će ih njena rođaka gledati, i da će drkati dok je bude gledala. Osećala je kako kako uzbuđenje prolazi njenim telom dok je Lazar sve brže tucao. Zaboravila je i na kameru i na Gabrielu dok su joj trnci prolazili telom. Spustila je glavu onda kad je počelo svršavanje.

Još uvek je drhtala u orgazmu onda kad je osetila Lazarove prste. Zgrabio za kosu i povukao gore ka sebi. Ponovo se setila rođake. Trebalo je da svrši za nju, da bi je Gabriela bolje videla. Pogledala se u ogledalu dok je svršavala. Gledala je svoje oznojano lice i stenjala glasno. Mislila je na rođaku. Bilo joj je drago što će Gabriela moći da vidi njeno lice u orgazmu. Oslanjala se jednom rukom na ogledalo dok je drugom stezala sisu. Pustila je još jedan uzvik, a onda je ponovo klonula nakon što je orgazam prestao.

Lazar je isključio kameru, ali nije prestajao da je tuca. Spustio je mobilni na njena leđa i tucao je u tišini još neko vreme. Onda je pljesnuo po dupetu. Jovana je uzela mobilni u ruku i uspravila se. Okrenula se i kleknula ispod njegovog kurca. Ponovo je uzela mobilni u ruku i snimala ga odozdo, dok je drkao iznad nje. U prvom planu je bio veliki kurac, a iza njega Lazarovo izbuđeno lice.

Kad je osetila da je blizu prskanja, pomerila je telefon u stranu. Postavila ga je tako da je snimao kurac i njeno lice. Uzela je kurac u ruku, okrenula se ka kameri i drkala ga na sebe dok je gledala u objektiv. Bio je to kao video-selfi, sa kurčinom koja se trljala o njene usne. Dok je sperma zalivala po obrazu zadovoljno se smeškala, znajući da će Gabriela sigurno svršavati uz taj snimak.

Kad je prskanje prestalo nije isključila kameru. Uzela je kurac u usta i lizala ga. Predano je skupljala kapljice sa njega, i zadovoljno glasno coktala dok je to radila. Znala je da na neki način time pravi Gabrieli zazubice. Zbog toga je i dalje gledala u kameru. Zamišljala je kako se Gabriela oblizuje dok je gleda sa kurcem u ustima.

Kad je isključila kameru, vratila mu je kurac u gaće i ustala. Uhvatila je farmerke i navlačila na sebe.

”Ti bi stvarno želeo da pojebeš Gabrielu?”

Nije ništa odgovorio. Nije znao da li je to trik pitanje. Gledala ga je neko vreme razmišljajući. Razumela ga je, jer bi je i ona rado pojebala. I ona je želela da može da mu da dozvolu, ali nije znala kako će se to uklopiti u njeno odvikavanje od preteranog seksa. Dok je spuštala majcu preko svojih sisa, odjednom se setila nečega. Ponovo je uzela mobilni u ruku.

”Vidi ovo”

Pokazala mu je slike sa letovanja prošle godine, kad su njih dve bile zajedno u Grčkoj. Bilo je raznih slika. Slikale su se na plaži, u hotelu, u sobi... Bilo je slika na kojima su bile fino obučene koje su pravljene u restoranima ili radnjama sa suvenirima. Ali bilo je i slika sa plaže, na kojima je Lazar lepo mogao da vidi zgodno Gabrielino telo. I u sobi su se slikale u bikiniju, dok su iz zezanja pozirali jedna drugoj, i Jovana je znala da tu ima par baš ozbiljno seksi fotografija. Dok mu je pokazivala slike, pogled joj je skrenuo na njegovo međunožje. Videla je da mu se kurac ponovo digao. Ugrizla se za usnu razmišljajući. Još uvek je osećala grižu savesti što mu je zabranila da tuca Gabrielu. I bila mu je zahvalna što je nije tucao. Poželela je da mu popuši, dok on i dalje gleda Gabrieline slike. Mislila je da mu barem to duguje. A onda se setila nečega, i uzela mu mobilni iz ruke.

”Čekaj, znam nešto bolje za tebe”

Nekoliko minuta kasnije, stajao je ispred vrata njenog stana, čekajući Jovanu. Ponovo se pojavila na vratima nakon što je proverila da je stan bio prazan.

”Uđi, nije tu”

Uhvatila ga je za ruku i povela unutra. Prošli su kroz stan, ušli u dnevnu sobu a onda ga je dovela do prozora. Imala je zavese na njima, stali su iza njih. Jovana mu je pokazala na nešto dole. U prvi mah nije znao zašto ga je dovela tu. A onda je video. Gabriela je stajala na ulici, ispred ulaza. Jovana se nasmešila.

”Mislim da čeka tebe”

Lazar je shvatio. Svakog dana, Gabriela ga je ispred zgrade čekala da se vrati sa posla. A tog dana došao je ranije kući. Posmatrao je i bilo mu je krivo što ga čeka. Pomalo nervozno i razočarano šetala je ispod prozora. Lazar se ponovo naložio na nju dok je gledao. Nosila je kratku teksas suknju i plavu majcu na bretele, koja je lepo stajala na njenim sisama.

Bilo mu je krivo što ga je čekala, i žao što ne može da je jebe. Ali je barem mogao da ponovo izjebe Jovanu u praznom stanu. Prislonio je kurac na njeno dupe, tek da bi joj pokazao šta hoće. Ona se okrenula.

”Čekaj”

Otvorila je prozor i sklonila zavesu. Onda je svukla farmerke i gaćice dok mu se nestašno smeškala. Stala je na prozor i naguzila se ka njemu. Preko svog struka stavila je zavesu. Okrenula mu se i pogledala ga kroz zavesu.

”Sad možeš”

Lazar joj je prišao i ponovo pogledao dole. Gabriela je i dalje šetala, u svojim sandalama sa visokim petama. Pogledala je oko sebe i rukom namestila sise. Spremala se za susret sa njim.

Shvatio je šta je Jovana želela. Htela je da ga počasti time što može da je jebe i da joj istovremeno posmatra rođaku. Uzeo je kurac u ruku i polako joj ga gurnuo do kraja. Čuo je kako je tiho uzdahnula kad je počeo da je jebe. Oslonio je ruke na njene bokove i malo se nagnuo napred. Oboje su posmatrali Gabrielu dok je guzio.

Šetala je ispod njih, ne sluteći da se na prozoru iznad nje njena rođaka jebe sa Lazarom, dok posmatraju svaki njen pokret. Nije znala gde je on, ali je odlučila da ga čeka još. Mada nije znala koliko dugo će da izdrži. Dok ga je čekala, stalno je razmišljala o njemu, i pička joj se ovlažila. Više nije mogla da stoji na jednom mestu, pa je samo šetala, nadajući se da će uskoro doći.

Onda je podigla pogled ka prozoru, po navici. Uvek je mislila da je sestra špijunira. Tog dana bila je u pravu. Njena rođaka je bila na prozoru. Gabriela je neraspoloženo pogledala ka njoj. Bila je ubeđena da je uhvatila u špijuniranju.

”Gde si Jovana?”

Jovana joj je ćutke mahnula. Delovala joj je nekako čudno. Podigla je ruku da blokira zrake Sunca.

”Šta radiš na prozoru?”

”Evo ništa. Bezveze... Onako...”

Lazar je i dalje jebao dok su pričali. Nije mogao da sasvim prestane, ali je usporio. Nije želeo da Gabriela primeti da se Jovana previše pomera. Osetio je drhtanje u Jovaninom glasu dok su razgovarale, to nije mogla da sakrije.

”Šta ti radiš na ulici?”

”Onako, ništa posebno. Uživam u sunčanom danu”

”Aha, baš... Baš lepo... Evo i ja uživam”

Jovana je stvarno sve više uživala. Kurac je ulazio u nju od pozadi i Gabriela je netremice gledala u nju dok je Lazar jebao. Ponovo je podigla ruku da bolje vidi rođaku. Nešto joj je bilo sumnjivo.

”Da, dan je baš za uživanje. Krenula sam u šetnju, a onda zastala ovde ispred”

Jovana se osećala kao prepolovljena. Njen donji deo tela je bio uzbuđen do granice svršavanja, ali je njeno lice moralo da bude ozbiljno. Gabriela je posmatrala, i čitav komšiluk i prolaznici su mogli da je vide dok se jebala. Trudila se da joj se to ne čuje u glasu, ali joj nije uspevalo.

”I ja sam... bila u šetnji. Ali se vratila... unutra. Super mi je ovako... nagnuta na prozoru”

”Da, da”

”Pa, onda... Vidimo se kasnije”

Jovana se uspravila i brzo navukla zavesu. To jebanje na prozoru, dok je razgovarala sa Gabrielom, je previše uzbuđivalo. Plašila se da će svršiti pred čitavim komšilukom. Stala je pored Lazara i stavila dlan na pičku.

”U pravu si, stvarno je dobra riba”

Neko vreme su kroz zavesu oboje gledali u Gabrielu, dok su ćutke drkali jedno pored drugoga. Jovana je jednom rukom uhvatila majcu, svukla je sa sisa i pustila da joj padne do bokova. Stala je iza njega i uzela mu kurac u ruku. Prislonila je gole sise na njegova leđa, trljala je čvrste bradavice o njega dok im je oboma drkala. Dovela ga je tu da bi svršio dok joj gleda rođaku, i imala je nameru da tako i bude.

Dok je posmatrala Gabrieline čvrste butine dok je nervozno šetala ispred zgrade, palila se sve više. Onda se setila da bi Lazar mogao da joj isprska zavese spermom, a više je želela da isprska nju. Zbog toga je čučnula ispod njega i počela da mu puši dok je i dalje drkala pičku.

Lazar nije skidao pogled sa Gabriele. Dok mu je Jovana drkala, zamišljao je kako joj ulazi u rođaku. Želeo je da je ponovo jebe. Kad je Jovana kleknula ispod njega, dobio je ideju. Krišom od nje povukao je zavesu i sačekao da Gabriela ponovo pogleda gore.

Nije dugo čekao. Primetila ga je i u prvom trenutku joj se lice ozarilo, bila je srećna. A onda je shvatila da on stoji raskopčane košulje u Jovaninom stanu, na mestu gde je do malopre stajala njena rođaka. Nije znala da li da bude besna ili srećna. Ali je znala gde želi da bude. Lazar je video kako je brzo potrčala ka ulazu zgrade.

Uhvatio je Jovanu za laktove i podigao je. Dovukao je stolicu i seo na nju, licem okrenutim ka ulazu. Uzeo je kurac u ruku i Jovana mu je prišla. Opkoračila ga je i sela mu pičkom na kurac. Odmah je počela da se nabija na njega. Podigla je majcu i otkrila sise pred njim. Trljala je klitoris dok je jednom rukom prelazila preko sisa. Lazar je čvrsto držao za butine dok je posmatrao vrata.

Naglo su se otvorila i zajapurena Gabriela je uletela unutra. Podigao je ruku iza Jovaninih leđa, dajući joj znak da stane. Kad je video da ga je razumela, pogledao je Jovanu. Imala je zatvorene oči i nije ništa čula. Mahnuo je Gabrieli da priđe i uhvatio Jovanu za sisu.

Iza njenih leđa, Gabriela je zadigla suknju i pokazala Lazaru svoju sveže obijanu i vlažnu pičku. Stala je nekoliko koraka iza svoje rođake i počela da drka. Nije mogla da zamisli da će videti svoju dalju sestru kako skakuće po nečijem kurcu i napaljeno stenje. Sviđala joj se njena jebozovna rođaka. Želela je da joj priđe, zgrabi je za kosu i navuče joj lice na svoju pičku. Želela je da je poliže dok ona svršava na Lazarovom kurcu.

Jovana je osetila kako joj je Lazar snažno stegnuo dlan kojom je držala sisu. Brzo je skakala po njemu i još brže trljala klitoris. Setila se Gabriele, zamislila je kako i dalje stoji ispod prozora dok čeka Lazara i ponovo poželela da je blizu nje. Uzdahnula je od uzbuđenja kad je pomislila na nju.

Onda je iza sebe začula kratak tihi uzdah. Širom je otvorila oči i pogledala Lazara. Nije prestala da ga jebe, samo ga je upitno pogledala. Njegov jedva primetan osmeh je pročitala kao potvrdan odgovor.

Glasno je uzdahnula. Nije se ljutila. To je dodatno napalilo. Saznanje da je Gabriela ušla u stan i da stoji iza nje je još više uzbudilo. Počela je glasno da uzdiše, vrtela je kukovima snažnije, skakala na Lazarovom kurcu brže, igrala je na njemu znajući da je rođaka posmatrala dok se jebala. Želela je da se okrene, da vidi da li se i Gabriela uzbudila od pogleda na njih.

Zamislila je njenu golu vlažnu ribicu iza sebe, i njene drhtave prste koji su brzo prelazili preko nje. Počela je da svršava. Nagnula se ka Lazaru i strasno ga poljubila dok je svršavala. Osećala je njegova jaja na svom dupetu, mešala je bedrima u njegovom krilu sve dok joj drhtanje nije prestalo.

Malo se odmaknula i ustala sa kurca. Kleknula je između njegovih nogu, uzela kurac u ruku i počela da mu drka. Držala je usne ispred njegovog kurca i prelazila njima preko njegovog glavića. Primetila je da Lazar posmatra Gabrielu iza nje. Samo je mogla da zamišlja kakav je prizor iza nje.

Gabrielina suknja je već bila na podu, drkala je dok je stajala iza rođake. Sklonila je bretele sa ramena i njena plava uska majca visila je oko njenog struka. Videla je kako Jovana svršava i zamišljala da je na njenom mestu, maštala kako ona skakuće po Lazarovom kurcu.

Kad je videla da joj je rođaka između Lazarovih kolena, znala je da će uskoro svršiti. Želela je da i nju isprska, da oseti njegovu spermu na sebi kad već nije mogla da svrši sa njim. Zurila je njegov veliki kurac i Jovanin dlan na njemu. Dok je očekivala da iz njega izleti sperma, osetila je kako počinje da svršava.

Više nije bilo briga šta će joj rođaka reći i da li će biti ljuta što je vidi tu. Brzo im je prišla i kleknula ispred Lazara. Uzela je kurac iz sestrine ruke i prišla mu bliže. Dok je svršavala trljajući klitoris, uspravila je kurac ka sebi i nastavila da ga drka. Gledala ga je u ekstazi, kroz poluspuštene kapke. Zadovoljno se osmehnula kad je videla kako sperma leti ka njoj. Glasno je uzdahnula kad je osetila njegovu toplu tečnost na sebi. Otvorila je usta širom i uživala dok joj je sperma zalivala lice. Svršavali su zajedno i to je bilo ono što je želela.

Kad je Lazar završio, stavila je kurac u usta i polizala ga. Onda se polako, pognute glave okrenula sestri. Očekivala je prekor, ali Jovana joj se samo smeškala. Prišla joj je bliže i poljubila je. Odavno je želela da to uradi, a to joj se učinio kao najbolji trenutak za prvi put. Osetila je ukus Lazarove sperme na Gabrielinom jeziku dok je strasno razmenjivala sa njom.

Kad su se razdvojile, pogledale su ga smeškajući se. Obe su na usnama imale ostatke njegove tečnosti. Gabriela je ponovo uzela kurac u usta. Već se bio malo smanjio, i mogla je da ga progutala celog. Jovana se smeškala dok je posmatrala šta radi. Prišla joj je i polizala joj spermu sa obraza, dok je Gabriela ljubila Lazarova jaja.

Pogledale su se i ponovo poljubile jezikom. Lazar je gurnuo glavić između njihovih usana i razdvojio ih kurcem. Obe su mu lizale glavić, svaka sa svoje strane, a onda su usnama prelazile preko celog kurca. Lazar je gledao dve rođake koje su mu predano lizale kurac. U tom trenutku su mu ličile na bliznakinje. Stavio je dlanove na njihove glave, naslonio bolje i uživao. Njegov kurac se nije potpuno spustio, ali nije ni bio dignut. To je bio drugi put da je svršio i trebalo mu je vremena.

Jovana je ustala. Želela je da ostvari jedno od svojih maštanja, i da pruži priliku Lazaru da to vidi. Postavila je pičku pored Gabrielinog lica i uhvatila je za potiljak. Znala je da neće moći da odoli. Gabriela joj je sama prišla i odmah počela da joj liže. Jovana je podigla jednu nogu. Stavila je stopalo na Lazarovu stolicu i raširila noge još više.

Lazar je oslonio dlan na Jovaninu butinu i posmatrao šta rade. Jovana je zatvorenih očiju uživala u tome što konačno oseća rođakine usne na svojim pičećim usnama. Gabriela ih je ljubila kao da su prave. Jovana je otvorila oči i pogledala Lazara. Videla je da mu kurac još nije spreman. Podigla je rođaku i povela je ka svojoj sobi.

Lazar je odmah ustao i krenuo za njima. Zastale su pored kreveta i poljubile se. Bile su gole ispred njega, samo su im majce još uvek stajale oko struka. Jovana je povukla rođaku ka svom velikom krevetu. Gurnula je na njega, a onda je legla preko nje. Raširila je noge preko Gabrieline butine i trljala se o nju dok su se ljubile.

Iznad njih, Lazar je uzeo kurac u ruku i polako pomerao dlan po njemu dok ih je posmatrao. Želeo je da ih oseti, popeo se na krevet i prišao im je. Polako im dodirnuo butine slobodnom rukom. Milovao im je noge i naizmenično prelazio rukom preko njihovih butina dok su se trljale jedna o drugu.

Pljesnuo je Jovanu dlanom po dupetu i legao preko nje. Namestio je kurac na njeno dupe i polako počeo da se trlja o njega. Oboje su zastenjali od zadovoljstva. Ona je i dalje pomerala bedra i trljala svoju pičku o Gabrielinu butinu. Lazar je zavukao ruku ispod nje i uhvatio Gabrielu za sisu. Čuo je kako stenje od toga i osetio da mu se kurac ponovo diže. Trljao se o Jovanu dok mu se kurac nije potpuno digao, a onda se uspravio na kolena.

Uzeo ga je u ruku i pogledao ih. Želeo je da ga nabije u jednu od njih, ali nije znao u koju. Video je Jovaninu sočnu pičku koja je klizila po Gabrielinoj butini. Znao je da je Gabrielina pička isto toliko vlažna i spremna za njega. Odlučio je da će prvo tucati onu koja se više napalila, koja je bila spremnija da ga primi. Drkao je dok ih je gledao a onda se setio.

Uhvatio ih je za članke nogu i povukao ih ka sebi. Prestale su da se trljaju i začuđeno ga gledale dok ih je vukao do ivice kreveta. Postavio je Jovaninu drugu nogu preko Gabrielinih butina, tako da je opkoračila dok je ležala iznad nje.

Kleknuo je ispred njih i uživao u pogledu na dve pičke koje su stajale jedna na drugoj. Pičeći sokovi su im se slivali između usmina i curili dole. Jovanina topla tečnost se preko butina slivala na Gabrielinu pičku i dodatno je zalivala. Posmatrao je to sa širokim osmehom na licu, a onda više nije odoleo. Sagnuo se ka njima i jezikom dodirnuo donji deo Gabrielinih usmina. Polizao je taj deo gde je bilo najviše sokova, a onda počeo da jezik pomera na gore. Olizao je celu Gabrielinu pičku a onda bez prekidanja jezikom pratio put tople tečnosti i nastavio lizanje preko čitave Jovanine pičke. Devojke su tiho stenjale, srećne zbog neočekivanog zadovoljstva.

Kad se ponovo odmaknuo uhvatio je kurac rukom. Pomerio je bokove ka njima i dodirnuo glavićem obe pičke. Jovana je malo podigla bedra kad je osetila šta radi. Još jednom ih je pomilovao a onda ga je gurnuo u prostor između njih. Njegov veliki kurac je prošao ispod Jovaninog dupeta, očešao im usmine i obema protrljao klitoris. Devojke su kriknule od zadovoljstva kad su ga osetile između sebe.

Pogledale su se iznenađene što obe osećaju njegovu tvrdu kurčinu na svojim stomacima.

Onda je počeo da ih jebe. Nije ulazio ni u jednu od njih, ali je bilo kao da ih je jebao obe. Uživale su dok su ga osećale na svojim usminama i klitorisu. Za njega je prostor između njih bio kao jedna velika vlažna pička. Osećao se kao da je ulazio u jednu sočnu vaginu okruženu sa četiri vlažne i tople usmine.

Devojke su zatvorile oči stenjući. Držale su ruke jedna drugoj na sisi, milovale jedna drugu dok im je Lazarov kurac trljao klitorise. Jovana je poljubila Gabrielu, i u njenom uzbuđenju videla odraz svog. Obe su se još više napalile dok su gledale uzbuđenje one druge. Ljubile su se strasno dok se veliki kurac sve brže probijao kroz njihove usmine i sve više im se penjao uz stomak.

Lazar ih je posmatrao dok se ljube, gole i oznojane ispred njega. Probijao se kurcem između dve seksi devojke, koje je obe želeo. Osećao je toplotu četiri sočne usmine koje su mu pritiskale kurac. Njihovi sokovi su ga natapali i on je uživao u zvucima koje su proizvodile dve pičke dok je prolazio preko njih.

Uhvatio je Jovanu za kosu i povukao je ka sebi. Želeo je da ih obe gleda dok svršava. Okrenula se ka njemu. Pogledala ga ja i obgrlila oko ramena. Pomerila se još malo u stranu da bi video Gabrielu. Uhvatio je za dupe i stegnuo ga, dok je drugu ruku stavio na Gabrielinu sisu.

Devojke su ga gledale tako da je osetio da su i one bile blizu svršavanja. Gurao ga je brže i osetio kako se bliži vrhuncu. Svo troje su ispuštali glasne krike zadovoljstva dok su svršavali zajedno. Lazar se izlio između njih dve, svojom spermom je isprskao njihove stomake. Još dugo je polako prolazio između njihovih vrelih pičaka. Osećali su se lagano, kao da su svršavali i nakon što su svršili.

Nije ga vadio iz njih ni nakon što su pokreti prestali. Kurac mu je i dalje bio na njihovim pičkama. Milovao im je tela dok su se one ljubile. Jovana je pokretala bedra i razmazivala njegovu spermu između njih dve. Bila je zadovoljna, jer je smatrala da je izlečila Gabrielu. Znala je da posle Lazara više neće imati razloga da juri razne muškarce, sad kad je on bio u blizini.

# Neiskusna komšinica

Lazar se pešice vraćao sa posla. Polako i pomalo umorno išao je ka zgradi dok je razmišljao kako da provede ostatak dana. Bilo je to jedno od onih lenjih letnjih popodneva, kad sve ide nekako sporije. Ispred sebe je ugledao devojku u beloj haljini sa visokim crvenim pojasem. Primetio je njene obline, iako je pokušavala da ih sakrije širokom haljinom.

Dok se zagledao u nju osetio je kako se razbudio. Kad su stigli do raskrsnice, devojka je skrenula u istu ulicu gde je i on pošao. Sa kraja ulice sijalo je Sunce, njegovi zraci su se probijali kroz tanku haljinu devojke koju je gledao. Mogao je da vidi njene lepo izvajane noge. Imala je uzak struk i duge noge u koje je zadivljeno gledao dok su se pomerale ispod haljine.

Kad su se približili njegovoj zgradi, i devojka je ušla u nju. Začuđen je pratio. Prepoznao je tek kad su stigli do lifta, nakon što je skinula naočare za sunce. Ana se okrenula, i kad ga je videla prevrnula je očima. Tiho ga je pozdravila a onda pogledala na drugu stranu. Lazar je krišom odmeravao. Prekorevao je sebe zbog toga što nije ranije primetio koliko je ona zapravo bila zgodna. Po prvi put je sebi priznao da je ona bila poželjna devojka.

Shvatio je da je došlo vreme da proveri da li ga ona želi.

Kad su ušli u lift, pritisnula je dugme svog sprata i odmah stala u ugao suprotan od Lazara. Ćutke je gledala je ispred sebe, dok je on gledao pravo u nju, ni ne pokušavajući da sakrije to.

“Kako si danas komšinice?”

Podigla je ruku.

“Nemoj ni da pomisliš na to”

”Na šta?”

”Znaš i sam. Jednostavno, nemoj ni da pokušavaš”

”Samo sam bio ljubazan, hteo da popričam sa komšinicom...”

”Znam ja dobro šta si ti hteo”

Lazar je zaćutao ne znajući šta da odgovori. Bila je u pravu, hteo je baš to što je ona znala. Ćutke je posmatrao dok je nervozno cupkala nogama. Nije odolela, podigla je glavu ka njemu.

"I da li uopšte postoji neka komšinica sa kojom nisi bio?"

Lazar je iznenađeno pogledao. Počešao se iza vrata.

"Pa..."

Odmerio je od glave do pete. Ana je malo pocrvenela, zbunila se kad se setila.

"Mislim, osim mene. Ne računajući mene"

Lazar je zaustavio lift koji je naglo stao. Ana je nestrpljivo coknula jezikom.

"Eto sad i lift. Kako je moguće da se uvek zaustavi kad sam s tobom?"

Pokušao je da se nasmeši.

"Da, stvarno. Neverovatno, jel da? Ali barem uvek brzo ponovo krene"

Stajali su ćutke. Krišom je posmatrao dok je nervozno stajala. Nije želeo ništa da pokušava odmah, osim da joj pokaže da može da se opusti u njegovom prisustvu. Bilo mu je očigledno da ga želi, samo što još nije znala šta da radi sa tim osećajem.

Ana se trudila da gleda ispred sebe, povremeno bacajući pogled na Lazara. Osećala je kako u liftu postaje sve toplije. Držala se podalje od njega, sećajući se u kakvim ga je situacijama sve viđala.

Setila se kako ga je videla da je stajao između raširenih nogu i podignute Draganine suknje na hodniku. Kako je uhvatila Jelenu i njega u liftu posle tucanja, a nju sa njegovom spermom u kosi. Videla komšinicu Draganu kako otkrivenih sisa i prekrivena njegovim semenom čuči ispod njega. Setila se i one nove komšinice koja mu je u liftu iza njenih leđa pokazivala sise. "On je monstrum", pomislila je.

A onda se setila i kako je nju krišom uhvatio za dupe dok su bili u liftu sa Draganom. Od sećanja na to zavrtelo joj se u glavi. Tek tada je postala svesna da joj je prostor između nogu postao vlažan.

Lazar je posmatrao dok je počinjala da se znoji. Shvatio je da je bilo dovoljno za prvi put, i da bi bilo najbolje da pokrene lift. Ana ga nije pogledala kad je lift krenuo, nije pokazala ni iznenađenje zbog toga. Pre njenog sprata, već je stajala na vratima i čekala da se otvore.

Kad se lift zaustavio, ispred vrata koja su se otvarala, videla je visoku ženu koja je stalaja pred njom. Ana se okrenula kad Lazaru, besno ga pogledala a onda izašla napolje. Pretpostavljala je da će i nju da tuca.

Čim je ušla u svoj stan, odbacila je torbicu i pošla u sobu. Nije imala muškarca u svom životu, ali je imala ogromnu kolekciju vibratora. Otkopčala je široki crveni pojas i skinula haljinu sa sebe. Čučnula je u gaćicama ispred fioke dok je tražila odgovarajući vibrator. Brzo i nervozno je preturala po velikoj gomili.

Odlično je znala koji je tražila. Još uvek se sećala scene kad je videla Draganu u liftu, onda kad joj je lice i sise bilo prekriveno spermom. Sećala se kakav je kurac tad videla. Glasno je uzdahnula kada se setila toga. Zbog toga je tražila svoj najveći dildo. Verovala je da je on nasličniji onome što Lazar ima između nogu. Poljubila ga je kad ga je pronašla. Zatvorila je fioku, brzo skinula gaćice i sela na krevet raširenih nogu.

Prislonila je dildo na svoje usmine, malo ih je protrljala, a onda je polako počela da ga gura u sebe. Stenjala je u praznoj sobi dok je ulazio. Kad je svoje osetila svoje prste na usminama, zatvorila je oči i ugrizla usnu. Probala je da ga još malo nabije u sebe i stenjala. Spustila je leđa na krevet.

Prstima druge ruke dodirivala je klitoris, dok je dildo stajao nepomično u njoj. Zamišljala je Lazara u liftu pored sebe, kako joj prelazi dlanovima preko njegog dupeta, sisa, kako je steže i hvata za pičku. U mislima se otimala od njega, ponavljala ne i ne, a zapravo je želela da nastavi.

Videla je kako vadi kurac, osetila kako je hvata za kosu i povlači dole. Prislonio joj je kurac na usne, prelazio glavićem po njima a onda ga je ona sama primila unutra. Pušila mu je dok je grčevito držao za glavu. Zamišljala je kako ponavlja "Ti odlično pušiš Ana", "Najbolja si pušačica", "Volim tvoje tople usne"... A onda je promuklim glasom rekao "Hoću da uđem u tebe". Ponovo je podigao, zadigao joj suknju i nabio joj ga unutra. Čula je njegov glas u sebi "Samo tebe hoću da jebem Ana, samo tebe".

Ana je čula sebe kako je glasno vrištala u svojoj sobi. Dugo vremena nije imala tako jak orgazam. Tresao je čitavo njeno telo dok je nabadala plastični dildo u sebe. Otvorila je oči i polako ga izvadila. Počela je da ustaje a onda je tiho zaplakala. "Zašto Lazar samo mene ne želi? Kako je moguće da je tucao čitav komšiluk, a samo mene ne?"

Kad je Ana izašla iz lifta, u njega je ušla visoka brineta. Lazar je ocenio je da je bila otprilike njegovih godina. Dugokosa brineta ravne kose je bila obučena u običnu trenerku i duks. Sve osim toga je na njoj bilo preterano. Bila je malo viša od njega, imala veliko dupe i velike sise, jake butine a i struk joj je bio malo širi. Za to nije bilo potrebno Lazarovo iskusno oko da primeti. Čak ni široki duks i trenerka nisu mogli da sakriju njeno krupno telo. Nezainteresovano je preletela pogledom preko njega, pritisnula dugme i stala na drugu stranu.

Nešto ga je privuklo njoj. Osetio je kako mu se diže kurac dok je gledao. Ona nije obraćala pažnju na njega. Činilo se kao da je bila zauzeta svojim mislima.

Lift se zaustavio. Na trenutak ga je pogledala, a onda je ponovo okrenula glavu, ničim ne pokazujući želju da komunicira. Pokušao je da je ohrabri.

"Ne brini, siguran sam da će se uskoro pokrenuti"

Ćutala je, a on i dalje nije mogao da skine pogled sa nje.

"Vi ste naša nova komšinica? Kako vam se sviđa zgrada?"

Pogledala ga je i po prvi put primetio koliko je dubok njen pogled. Onda je ponovo skrenula pogled sa njega.

"Molim te, ne pokušavaj ništa"

"Šta pokušavam?"

"Samo bi gubio vreme. A mene bi smorio"

Navikla je na startovanje muškaraca. Iz nekog njoj nepoznatog razloga, muškarci su mislili da će imati laku prođu kod nje. Bilo joj je dosta toga.

Lazara je zbunio njen odgovor.

"Mislio sam samo da popričamo, prekratimo vreme i to..."

Pogledala ga je.

"A osim toga, nisi moj tip"

Lazar se pogledao u ogledalu. Nisam njen tip? Da ga to nije toliko zbunilo, verovatno bi ga uvredilo.

Brineta ga je odmerila.

”Da. Previše si mršav za mene”

Previše mršav? Lazar se ponovo pogledao u ogledalo. Uvek je bio ponosan na svoje mišićavo telo i nije mogao da veruje da postoji neko ko će to koristiti kao opravdanje da ga odbije. Njene reči su ga iznenadile. Ućutao se. To je bilo novo za njega. Nije više znao šta da kaže.

Odjednom je osetio potrebu za nekom ženom. Nekom koja nije smatrala da je previše mršav. Odlučio je da ode do Dragane i ponovo pokrenuo lift.

Kada je lift stao na njenom spratu, iznenadio se kad su oboje izašli. Hodali su u istom pravcu. Začuđeno ga je posmatrala, pitajući se da li je prati. Ne bi joj bilo prvi put da joj se to desi. Išli su uporedo skoro do Draganinih vrata, i ona je zastala ispred vrata stana pored nje. Pogledala je jednom kratko u njegovom pravcu, a onda ušla u stan.

Ana je kasnije čitavo popodne provela u liftu, u nadi da će naleteti na Lazara. Vozila bi neko vreme gore i dole, malo bi šetala po ulazu zgrade, pa bi se onda opet vratila u lift. Bilo joj je krivo što je bila tako oštra prema njemu i želela je da to ispravi. Želela je da bude sličnija onim devojkama sa kojima ga je viđala u liftu. Da i nju tako posmatra. Toliko je to želela da se presvukla. Obukla je kratku široku suknju, a gaćice ostavila kod kuće.

Vratila se u stan onda kad je izgubila nadu da će ga sresti. Predveče je ponovo izašla u hodnik. Pritiskala je dugme lifta i pozivala ga, nadajući se da će jednom zaustaviti lift u kome je on bio. Ali veći deo vremena provodila je tako što se izvinjavala komšijama koje je zaustavljala na svom spratu.

Lazar je proveo popodne u stanu sa Draganom. Jebao je, zbog toga je i došao kod nje. Kad je video novu komšinicu kako ulazi u stan pored, odlučio je da je nekako sačeka. Nije mogao da veruje da ga je tako odbila, pa je želeo da ponovo pokuša kod nje. Zbog toga je jebao Draganu samo jedanput. Čuvao je snagu za krupnu komšinicu.

Verovao je da je ta devojka u poseti kod nekoga u zgradi i da će verovatno uskoro izaći napolje. Zbog toga je seo u Draganinu kuhinju, koja je bila blizu ulaznih vrata. Nadao se da će je čuti kad izađe. Imao je plan da tada i on izađe iz stana i da se ponovo provoza sa njom u liftu. Da bi je upoznao i pokazao joj da je on u stvari dobar tip, a tamo neki bezveze.

Sedeli su u kuhinji i pili već drugu kafu. Vreme je prolazilo, ali iz hodnika se nije ništa čulo. Primetio je da je Dragana ponovo počela da se nabacuje. Bila je spremna za novu turu sa njim. Već je počela da se čudi zbog čega on okleva. A onda je on shvatio da nema razloga da prećutkuje Dragani bilo šta u vezi sa devojkama.

Popila je gutljaj kafe nakon što je čula priču. Pogledala ga je upitno.

"Misliš na devojku iz stana pored mog?"

Klimnuo je glavom.

Dragana je otpila novi gutljaj i vratila šolju na sto.

"A, pa nije ona u poseti. Ona nam je nova komšinica. Snežana, mislim da se tako zove. Fina devojka. Voli da džogira, to je sve što znam"

"Da, i lepa devojka"

"Naravno da si to prvo primetio"

Nasmejali su se. Pogledala ga je, pa onda nastavila.

"Znači, ti bi da i nju malo..."

"Bih"

"Pretpostavljam da je u pitanju ponovo lift, pošto je poznaješ samo iz zgrade?"

"Da. I nemam priliku da je sretnem bilo gde drugde"

Dragana je ponovo otpila malo kafe. Pogledala ga je skupljenih očiju, kao da ga procenjuje.

”A da nije ona malo jaka za tebe?”

Lazar je coknuo jezikom. Zbog čega ljudima izgleda da ona nije za njega? Dragana je primetila da ga je oneraspoložila pitanjem. Ustala je i krenula ga njemu raširenih ruku.

“Ohhh dragi Lazare... Rastužila sam te”

Prišla mu je i zagrlila kad mu je sela u krilo. Osetila je njegove mišiće pod svojim rukama.

“Ma nisi ti slab”

Lazar se nagnuo ka njoj, i gurnuo glavu između njenih sisa. Zabacila je glavu unazad i glasno se nasmejala. Lazar je nekoliko puta protresao glavu među njenim sisama, a onda je obuhvatio rukama oko struka. Pogledali su se, a onda mu je ona otkopčala šlic. Izvadila ga je i uzela u ruku. Posmatrala ga je dok je brzo rastao u njenom dlanu.

“I uošte nisi mali”

Lazar je uhvatio za sise i stegnuo ih. Poljubio je u vrat dok je ona stenjala podignute glave.

Onda se iz hodnika začuo zvuk zatvaranja vrata. Lazar je brzo ustao.

“Moram da idem”

Dragana ga je iznenađeno gledala dok je zakopčavao pantalone. Vratio se ka njoj i poljubio u obraz.

“Izvini. Javiću ti se kasnije”

Otvorio je vrata i izašao na hodnik. Dragana ga je pratila, stala je na vrata baš kad je Snežana prolazila pored njih. Primetila je kako je brineta na kratko odmerila Lazara.

“Ćao Snežana”

Snežana se nasmešila i uzvratila pozdrav. Dragana je naslonjena na vrata posmatrala dok je visoka devojka u uskoj suknji polako koračala ka liftu. Gledala je njene duge, jake noge, krupne butine i veliku guzu koja se njihala dok je hodala. Dragana je morala da prizna sebi da je nova komšinica jebozovna. Razumela je zbog čega ga je toliko napalila. Lazar je pratio u stopu. Kad se kod lifta ponovo okrenuo ka Dragani, podigla mu je palac za sreću i ušla unutra.

U liftu je stao pored Snežane. Nije imao nikakvu nameru da zaustavlja lift. Želeo je da je samo malo bolje upozna i da popričaju. Taman je bio otvorio usta da progovori, a vrata lifta su se otvorila.

Nakon što je Ana pozvala lift obećala je sebi da će to biti poslednji put tog dana. Odlučila je da odustane od čekanja da se on pojavi u liftu. Kad su se vrata otvorila, već se umorno spremala da po stoti put tog dana promrmlja komšijama "Izvinite". A onda je ugledala njega i lice joj se ozarilo. Nasmejana ja ušla unutra.

"Ćao Lazare"

Stala je pored njega srećna što je dobila priliku da ispravi stvari. I dalje je osećala grižu savesti što je bila onako gruba tog dana. Nije se brinula da je time povredila njegova osećanja, bila je sigurna da je on imao druge devojke koje su mu davale samopouzdanje. Ali se nije osećala dobro zbog toga što je mislila da je on nakon toga odbacio kao nezanimljivu za osvajanje. A ona je želela da bude jedna od devojaka.

Nije skidala pogled sa njega od kako je ušla u lift. Stala je pored njega i razmišljala kako da ispravi stvari. Uopšte nije obraćala pažnju na brinetu, niti se stidela od nje. Bila je sigurna da je i ona samo jedna od njegovih devojaka koje je viđala u liftu, jedna od onih koje je već tucao.

Lazar se oneraspoložio kad je video Anu kako ulazi u lift. Nije planirao ništa posebno sa Snežanom, ali je znao da tad neće moći ni da priča sa njom. Tek kad je Ana stala pored njega primetio je sjaj u njenim očima. Video je koliko je napaljena. Cupkala je, držala kolena skupljena, ispod kratke šarene suknje. Grickala je usnu i izgledala kao da želi da ga dodirne.

Ponovo je pogledao u brinetu. Mirno je stajala ispred njih i gledala pravo ispred sebe. A onda je osetio kako ga je Ana naglo zgrabila za kurac. To se desilo tako naglo i neočekivano da se trgnuo. Pogledao je i video njeno crveno uzbuđeno lice.

Iako joj je ruka bila sigurna, pogled joj se nervozno lutao od Lazara ka brineti. Dok je pokretala ruku po njegovom kurcu, osećala se kao da ni sama nije mogla da veruje da to radi. Prvo ga je uhvatila kroz pantalone. Oprezno je prelazila dlanom po njemu dok se osvrtala ka brineti. A onda mu je otkopčala šlic i uzela ga u ruku. Osetila je talas uzbuđenja koji joj je prošao telom. Više nije skretala pogled ka brineti.

Lazar je bio uzbuđen još od kako mu je Dragana sela u krilo. Kurac mu se od tad nije spuštao. Zbog toga nije sklonio Aninu ruku. Čak ni onda kad je počela da mu drka. Okrenuo se ka Snežani. I dalje nije ništa primećivala, mirno je gledala ispred sebe. A onda je video da je Ana podigla svoju suknju. Gledala ga je pravo u oči kad je zavukla svoju ruku ispod nje.

Znao je da je krajnje vreme za zaustavljanje lifta. Zavukao je ruku u džep, pritisnuo dugme i istog trenutka se pokajao.

Zaboravio je na prirodnu reakciju ljudi kad se lift zaglavi. Snežana se istog trenutka okrenula ka njima. Pokušao je da joj se nemoćno nasmeši očekivajući prekor, ali nije ga video u njenim očima. Samo je delovala pomalo iznenađeno. Nije pokazivala da joj se prizor svideo, ali ni da nije. Samo ih je mirno posmatrala, kao da je prizor na kratko zainteresovao. Onda se ponovo mirno okrenula i nastavila da gleda ispred sebe, kao da se nazad ništa ne dešava.

Lazar je definitivno bio zainteresovan brinetom. Posmatrao je od pozadi dok mu je Ana drkala. Nosila je mini suknju koja joj je pokrivala pola butina, imala visoke pete i kožnu jaknu. Ivica njenih čarapa videla se kroz prorez na suknji, i jasno je mogao da vidi nabore haltera ispod tkanine. I imala je velike okrugle minđuše, koje su izgledale prikladno na njoj. Očigledno je bila obučena za izlazak u neki klub.

Dok je stajala na visokim petama, primetio je da je viša od njega barem za glavu. Možda i više od toga. Okrenuo se ka Ani. Bila je potpuno posvećena onome što je radila, izgledala je da nije ni bila svesna da se lift zaustavio. Njene sise su se tresle dok je žestoko prelazila prstima preko svoje pičke. Uhvatio ih je sa obe ruke dok mu je i dalje drkala. Zatvorila je oči kad je počeo da ih gnječi.

Lazar je uhvatio za potiljak. Pomilovao je a onda je nežno povukao na dole. Ana je širom otvorila oči i pogledala ga. Izgledala je pomalo uplašeno od pomisli da treba da mu popuši. Nakon što je video da Ana okleva, Lazar je vratio ruku na njenu sisu.

Snežana je gledala ispred sebe, a onda je sebi priznala da će vreme brže proći ukoliko ih ne ignoriše. Otišla je na suprotan kraj lifta, naslonila na zid i zapalila cigaretu. Pogledala ih je i tek tad primetila Lazarov veliki kurac. Oči su joj se malo raširile, a usne otvorile dok je zamišljeno zurila u njega. Povukla je dug dim cigarete. Videla je koliko se Ana trudi oko njega i koliko ga očigledno želi. Primetila je i njegove poglede ka sebi. Bezobrazno je odmeravao od glave do pete dok mu je Ana drkala. Znala je da je zamišlja golu. Kao što je znala da će svršiti dok razmišlja o njoj. I to verovatno na lice plavuše koja mu je drkala.

A onda je uhvatila sebe kako i ona njega odmerava. Počela je da razmišlja o tome kakav je u krevetu. Delovao joj je kao neko ko je dovoljno iskusan i ko bi mogao da je zadovolji. Veličinu je imao. Možda ga je ipak pogrešno procenila na početku?

Sve brže je povlačila dimove cigarete. Uhvatila je sebe kako je počela da se prebacuje sa stopala na stopalo. Znala je da su gaćice već počele da se vlaže dok ih je gledala. Nije joj se to dopalo. Nije želela da se uzbuđuje, nije joj se uklapalo u planove za to veče. Sudeći po plavušinim nespretnim pokretima, to drkanje bi moglo da potraje. A to bi je još više uzbudilo. Zbog toga je ugasila cigaretu, uzdahnula i krenula ka njima.

Čim im je prišla uzela je kurac iz Anine ruke. Pogledala je dok je Ana zbunjeno stajala.

"Klekni"

Ana je odmah poslušala. Zadigla je suknju iznad bokova i nastavila da drka pičku na podu. Snežana se okrenula ka Lazaru i počela da mu drka kurac. Odmah joj se dopao. Bio je veliki i čvrst, i lepo joj je ležao u ruci. Posmatrala ga je u oči dok je brzo pomerala ruku po tvrdoj batini.

Nije se bunila kad joj je oprezno stavio ruku na sisu. Znala je da će tako brže svršiti. Ubrzala je ritam kad je osetila kako joj njegove ruke sve više stežu sisu. Njene velike minđuše su je udarale po obrazu dok je pomerala ruku sve brže po kurcu. Obliznula je usne polako dok ga je gledala, i on je već počeo da svršava.

Pogledala je dole. Želela je da usmeri mlaz tačno na Anino lice. Mala plavuša je zaslužila da je dobije, pomislila je. Posmatrala je kako sperma izleće iz tog lepog kurca dok ga je ona usmeravala na lice plavuše. Bilo joj je zabavno da ga pomera dlanom, i određuje koji deo lica će da isprska.

Ana je počela da svršava onda kad je osetila njegovu toplu spermu na sebi. Drhtala je u tišini, stegnute vilice. Zatvorenih očiju brzo je pokretala ruku dok joj je sperma prskala lice.

Kad je Lazar završio, Snežana je pogledala ostatke sperme na svom kažiprstu. Na trenutak je oklevala, a onda ga je pogledala i polako stavila prst u usta. Kad ga je čitavog olizala, izvadila je maramicu iz džepa i dala je Ani, koja je u ustima i dalje držala kurac. Ponovo je pogledala Lazara.

"Mmmmm, lepo. Ananas?"

Slegnuo je ramenima kao da se pravda.

"Volim sok od ananasa"

Snežana im je ponovo okrenula leđa i vratila se na svoje mesto. Ana je ustala pored njega. Još uvek se igrala sa njegovom spermom na licu kad je on pokrenuo lift.

Lazar je ostao u liftu još nekoliko trenutaka nakon što je Snežana izašla. Kad je ulazio u lift, nije očekivao to što se desilo. Pitao se šta da radi, dok je odsutno zurio u hodnik kojim je otišla. A onda je krenuo za njom, izašao je iz zgrade bez puno razmišljanja o tome. Zbunjeno je gledao dok je ulazila u taksi. Ostao je još neko vreme na ulici dok je posmatrao automobil dok odlazi.

Ana je krenula za njim iz lifta. Stajala je u zgradi i kroz staklo ga posmatrala na ulici. Videla ga je kako se okreće ka zgradi, korača ka ulazu, prolazi kroz vrata i odlučnim korakom kreće ka njoj. Pomislila je kako će sad morati da se tuca sa njim. Nije bila spremna na to. Zbog toga se brzo okrenula i žurnim korakom krenula ka stepenicama.

Lazar je ulazio u zgradu bez ikakve namere da ponovo prilazi Ani. Ali kad je primetio kako brzim korakom odlazi od njega ka stepenicama, pokušavajući da ga izbegne, osetio je kako mu želja raste. Do malopre mu je lizala kurac i sad hoće da pobegne od njega?

Potrčao je za njom i stigao je pre prvog sprata. Uhvatio je za ruku na stepenicama i povukao ka zidu. Uhvatio je za struk dok je brzo otkopčavao pantalone. Kad ga je izvadio, uzeo ga je u ruku i uspravio ka njoj. Podigao joj je suknju i prišao od pozadi. Čim joj je dodirnuo dupe pokušavajući da pronađe ulaz, osetio je kako je zadrhtala.

"Nemoj. Neću"

Nije obraćao pažnju. Ona je i dalje pokušavala da se izmakne.

"Nisam nikad ranije. Nemoj..."

Lazar je tek tad zastao.

"Šta?"

Odmaknuo se i pogledao je.

"Kako je to moguće?"

Polako se okrenula. Spustila je pogled sklanjajući kosu sa lica. Bojažljivo ga je pogledala a onda slegnula ramenima.

"Ne znam ni sama. Nisam nikad smela"

Lazar se malo odmaknuo razmišljajući šta da radi.

"Čekaj, znači... Ti si nevina?", želeo je da bude siguran.

Malo je pocrvenela.

"Pa... Baš bukvano, nisam. Volim da se sama zabavljam..."

Lazarov kurac je bio toliko čvrst i spreman da ga je skoro bolelo. Nestrpljivo je coknuo jezikom i uhvatio je za ruku. Nehajno je slegnuo ramenima.

"Pa, za sve postoji prvi put"

Ponovo je okrenuo i gurnuo na zid. Spremao se da uđe u nju kad je ponovo čuo.

"Neću ovde"

"Šta sad?"

"Neću da se prvi put tucam na hodniku"

Lazar je uzdahnuo. Neko vreme je razmišljao, a onda ga je vratio u pantalone. Ponovo je uzeo za ruku i poveo ka liftu. Prihvatio je da je ona bila u pravu. Bukvalno gledano, to joj jeste bio prvi put, a prvi put ne bi trebalo da bude takav. Ušli su unutra i on je pritisnuo dugme svog sprata. Ana je to primetila. Sagnula je glavu i malo oklevala da progovori.

"Neću da idem kod tebe"

Nestrpljivo je pogledao.

"A šta hoćeš?"

Ana je podigla pogled i skoro viknula.

"Hoću da me jebeš u liftu"

Nije trebalo dva puta da mu kaže. Prišao joj je i zadigao joj suknju. Ana je pritisnula dugme najbližeg sprata dok je otkopčavao šlic i vadio kurac. Poljubio je i kurcem tražio ulaz u njenu pičku. Lift se zaustavio na sledećem spratu. Lazar je začuđeno posmatrao dok se pomerala ka vratima. Držala ga je za kurac i povukla za sobom. Stala je na vrata, blokirajući ih leđima.

"Ovako ćemo"

"Šta ako neko dođe?"

"Baš me briga"

Ponovo joj je prišao. Malo joj je raširio noge i oprezno ušao u nju, brineći da je ne povredi. Držala ga je čvrsto za dupe. Kad je osetila da ulazi previše oprezno, povukla ga je ka sebi i sama se bedrima nabila na njega. Uzdahnula je i zabacila glavu.

Stenjala je zatvorenih očiju, uživajući u prvom kurcu koji je ušao u njenu pičku. Onda ga je pogledala i on je počeo da se pomera u njoj. Gledala ga je pravo u oči, uživajući u tome. Otkopčala je košulju i otkrila sise pred njim. Nasmejala se od uživanja kad je primetila da mu se sviđaju. Počela je da glasno stenje kad ih je zgrabio dlanovima.

Koliko god da je uživala u njegovom kurcu u sebi, još više je uživala u svom uzbuđenom glasu. Uzbuđivalo je to što je znala da svakog trenutka neko može da dođe i da je vidi kako se jebe u liftu. Odnosno, da se i ona jebe u liftu. Osetila se kao jedna od devojaka, punopravna jebačica iz komšiluka. Zbog toga je stenjala sve glasnije i uživala u tome.

Onda ga je rukama malo gurnula od sebe. Kad je osetila da je kurac izašao, sama se okrenula ispred njega. Lazar se povukao u lift, iza njenog dupeta. Lagano je drkao kurac dok je posmatrao šta radi. Raširila je obe ruke i stavila ih na vrata lifta. Onda mu je okrenula profil i naguzila se ka njemu. Kad je videla da joj ponovo prilazi, okrenula je glavu ka hodniku. Osetila je njegove čvrste ruke na butinama dok ga joj je brzo gurao u pičku. Odmah je počeo da se snažno nabija u nju, i bilo joj je drago što je više nije štedeo. Ponovo je počela da stenje glasno kad je čvrsto zgrabio za sise i gnječio ih dok je jebao. Činilo joj se da su njeni uzdasi odjekivali praznim hodnikom.

Zvuci udaranja njegovih bedara po njenom dupetu bili su sve brži, a njeni tihi krici sve iskreniji. Uzbuđenje je raslo u njoj, preplavilo joj je telo i sve više gubila svest o tome gde se nalazi. Više nije vrištala zbog komšiluka, vrištala je zato što je po prvi put uživala u tom kurcu u sebi. Osetila je kako je snažno pljesnuo po dupetu. Počela je da svršava odmah nakon toga, kao da je to bio signal koji je označio početak. Sagnula je glavu dok je drhtala pod njegovim kurcem koji se nabadao u nju. Vrištala je kao nikad pre.

"Ovo je tako dobro... Nemoj da staješ... Jebi me..."

Njena glava je klonula dok su joj talasi uzbuđenja prolazili telom. Mišići su joj se grčili, drhtala je brzo i tiho stenjala. Svršila je po prvi put sa pravim, pulsirajućim i toplim kurcem u sebi. Nije moglo da se poredi ni sa jednom plastičnom igračkom koju je imala.

Kad je osetila da je orgazam prošao, podigla je glavu. Zadovoljno je otvorila oči. A onda je čula otvaranje vrata negde u hodniku i trgnula se. Pogledala je i opustila kad je videla Draganu. Stajala je u pidžami na svojim vratima i posmatrala ih iznenađeno. Nije očekivala da to vidi kad izađe u hodnik.

Ana joj se ponosno nasmešila dok im je prilazila. Lazar nije prekidao da je guzi. Ana se i nadala da neće, želela je da je Dragana vidi tako. Pridigla se malo na vratima lifta i pokazala svoje grudi koje su divlje skakutale.

Bilo joj je drago kad je primetila da je Dragana gleda sa interesovanjem. Nasmešile su se jedna drugoj. Dragana je stala pored njih i dodirnula Aninu sisu. Drugu ruku je stavila na njena leđa. Pomilovala je a onda spustila ruku do njenog dupeta. Lagano joj je gnječila sisu i milovala dupe dok je netremice posmatrala Lazara kako je tuca. Ana se osećala predivno, uživala je sa Draganinim dlanovima na sebi i Lazarovom kurčinom u sebi.

Osetila je kako ga vadi iz nje. Uhvatio je za kosu i povukao sebi. Okrenula se i kleknula ispred njega. Njegova ruka je brzo drkala kurac ispred njenog lica. Glavić je bio uspravljen ka njoj, spreman da ispali svoj sadržaj na nju. Disala je ubrzano dok ga je gledala očekujući prskanje. Otvorila je usta čim je videla da je počeo da svršava. Primala je njegovu spermu na sebe otvorenih očiju, dok je posmatrala Lazarovo uzbuđeno lice.

Kad je svršio, ustala je. Oboje su ponovo pogledali Draganu. Ana je ponosno i pomalo nedužno razmazivala spermu na svom licu pred njom. Dragana im se ćutke smešila i dalje začuđena, a onda se okrenula ka vratima i ušla unutra odmahujući glavom u čudu. Ana se i dalje smeškala zadovoljno i zadovoljeno. Držala je njegov kurac u ruci i bila radosna što je postala ravnopravan član komšiluka.

# Velika devojka

Č im je Dragana sutradan videla Lazara na vratima, znala je zašto je
došao. Znala je taj pogled, a i dobro je videla izbočinu između
njegovih nogu. Prišao joj je i poljubio, dok mu je ona već otkopčavala
šlic. Uzdrhtala je kad su je njegove ruke zgrabile za dupe. Osetila je
koliko je napaljen. Ponovo je pogledao, a onda je povukao ka njenoj
spavaćoj sobi. Nasmešila se. Znala je zašto je tamo hteo da je tuca. Ta
soba je delila zid sa komšinicom Snežanom. Bilo joj je zabavno to što je
u svojoj muškoj sujeti verovao da će samo biti dovoljno da pokaže
Snežani kako jebe Draganu, pa da ga i ona odmah poželi.

Nije se bunila. Nije joj smetalo da bude pojebana iz tih razloga.
Čim su ušli u sobu zadigao joj je suknju i sklonio gaćice sa pičke. Prešla
je rukom nekoliko puta preko usmina dok se nameštala na krevetu i
čekala. Brzo je skinuo pantalone i bokserice sa sebe. Legao je između
njenih raširenih nogu i odmah počeo da je jebe. Videla je koliko je
bio uzbuđen, samo nije bila sigurna zbog koga. Iako nije odmah bila
potpuno spremna za jebanje, čim ga je osetila unutra počela je da glasno
stenje. Znala je šta je očekivao od nje.

Uzdisala je sve glasnije a onda je počela i da viče.

"Oh, Lazare... Jebi me! Kako me dobro jebeš! Volim tvoju kurčinu!
Imaš najbolji kurac na svetu"

Nabijao se u nju sve brže i uskoro počeo da svršava. Izvadio je kurac
i drkao ga iznad njene pičke. Dok je njegova sperma prskala po telu, ona
je i dalje stenjala. Okrenula je glavu ka zidu i ponovo viknula.

"Tako... Kako me dobro prskaš Lazare"

Kad je svršio, ostao je u istom položaju. Polako je glavićem
razmazivao spermu po njenim usminama. Onda su začuli zvono na
vratima. Pogledali su se začuđeno, a onda je Dragana odmahnula
rukom.

"Ne zanima me ko je"

"A možda je Snežana?"

"Ma da, sigurno je ona"

Lazar je i dalje gledao. Ćutke mu je pokazala na spermu kojom je bila oblivena. Shvatio je da ona ne može da izađe do vrata, ali on je mogao.

"Ko je?"

Brzo je navukao bokserice, došao do vrata i otvorio ih.

Na njima je stvarno stajala Snežana. Čula je strasne krike Dragane dok se jebala i bila je radoznala da vidi da li je to ponovo Lazar kod nje. A onda je on otvorio vrata pred njom, raskopčane košulje i sa tom ogromnom kurčinom koja je skoro ispadala iz bokserica.

Lazar se zadovoljno nasmešio kad je video Snežanu na vratima. Primetio je njene zapanjene oči i širom otvorena usta dok ga je bez stida odmeravala. Tek onda je shvatio da je u raskopčanoj košulji i boksericama. Opušteno se naslonio na vrata smeškajući joj se.

"Ćao. Kako mogu da ti pomognem?"

Snežana je oklevala. Pokušavala je da ne spušta pogled sa njegovih očiju.

"Jel Dragana tu?"

"Tu je ali trenutno..."

Dragana se odjenom pojavila iza njega. Na brzinu je obrisala spermu sa sebe i spustila suknju, ali je namerno izgužvala i ostavila jednu kapljicu sperme u kosi.

"O, ti si... Zdravo Snežana"

"Zdravo. Jel imaš možda... malo šećera?"

Dragana je pogledala u Lazara i nasmešila se.

"Imam šećera"

Snežana je zurila u kapljicu sperme koja se slivala niz Draganinu kosu.

"Izvini, nisam htela da smetam, ali..."

"Nije frka", Dragana se okrenula i otišla u kuhinju. Snežana je pogledala Lazara i nastavila.

"Ali, mi je stvarno potreban šećer"

Dragana joj je dala kutijicu.

"Hoćeš da uđeš?"

Snežana ih je pogledala razmišljajući, a onda je podigla kutijicu i odmahnula.

"Hvala za šećer"

Lazar je gledao za njom dok je zavodljivo odlazila hodnikom vrteći kukovima. Odlučio je da će sutra morati da ponovo proba da je izjebe.

Desetak minuta kasnije izašao je iz Draganinog stana. Krenuo je ka liftu a onda je čuo kako se vrata Snežinog stana otvaraju. Žurno je izašla napolje, brzo ih zaključala, i krenula ka njemu. Po prvi put mu se učinilo da je vidi uzbuđenu. Imala je širom otvorene oči i obrazi su joj bili crveni dok se trudila da ostane mirna. Klimnula mu je glavom kad je stala pored njega ispred lifta. Izgledalo mu je kao da je tog puta ona njega čekala da izađe iz stana, da bi i ona izašla i bila sama sa njim. Baš kao što je i on nju čekao nekoliko dana pre toga.

Lift je stao i Lazar je propustio nju da uđe. Odmerio je dobro kad je prolazila ispred njega. Kurac mu se već digao i bio je uzbuđen zbog saznanja da će je uskoro možda jebati. Stali su u dno lifta, na suprotnim stranama i očima odmeravali jedno drugog. Nisu ni pokušavali da sakriju svoju želju. Oboje su već znali da će se jebati.

Snežana je na sebi imala samo kratku bodikon haljinu bez naramenica. Izgledala je kao da se obukla na brzinu. Jedini nakit kojeg je imala na sebi bile su njene velike okrugle minđuše. Lazar je po prvi put video uzbuđenu. Netremice ga je posmatrala i čekala da nešto uradi. Posmatrao je njene tvrde bradavice koje su se probijale kroz haljinu, i velike grudi koje su joj se brzo dizale u velikoj haljini. A onda se začulo zvono i vrata su se otvorila.

Stariji bračni par je ušao u lift. Pritisnuli su dugme i okrenuli im leđa. Snežana ga je i dalje posmatrala, a onda je spustila pogled. Uzdahnula je tiho od želje, onda kad je videla njegov podignuti kurac u pantalonama. Ugrizla se za usnu i pogledala ga. Kad je uhvatila njegov pogled, prešla je rukom preko svoje pičke u uskoj beloj haljini. Lazar je jasno mogao da vidi kako nije nosila gaćice, usmine su joj se ocrtavale na tkanini dok je prstima prelazila između njih.

Nije mogao ništa da uradi dok su komšije bile tu. I on se uhvatio za kurac i rukom prelazio preko njega kroz pantalone. Oboje su krišom drkali dok su se posmatrali. Lazar je primetio da je njena haljina postala vlažna na mestu gde su joj prsti prolazili.

Ponovo se začulo zvono i komšije su izašle. Nije stigao ništa da uradi, Snežana je sama krenula ka njemu. Zadigla je haljinu dok ga je on vadio iz pantalona. Uhvatila ga je za glavu i strasno poljubila. Pre nego što se potpuno pogubio, setio se i u džepu pritisnuo dugme za zaustavljanje lifta.

Snežana nije ni primetila da je lift stao. Prišla mu je, uzela kurac u ruku i uspravila ga ka sebi. Pogledala je Lazara u oči i pomerila bedra ka njemu. Raširila je svoje duge noge, malo ih savila i sama se nabila na njega. Glasno je uzdahnula dok je klizio u njoj. Primala ga je zatvorenih očiju. Kad ga je čitavog osetila u sebi, otvorila je oči i ponovo ga poljubila.

Gurnula ga je nazad ka zidu i počela da ga jebe. Brzo je pomerala bedra ka njemu dok mu je otkopčavala košulju. Podizala ih je gore-dole, mešala njima u stranu i udarala snažno po njegovim bedrima. Pritisnut uz zid, Lazar je osetio šta znači biti dobro jeban. Saznao je kako je izgledalo devojkama koje su bile sa njim.

Stavio je ruke na Snežanine sise i bezuspešno pokušao da ih obuhvati dlanovima. Zgrabio je ivicu haljine i povukao je dole. Glasno je zastenjao kad je video dve čvrste sise ispred svojih očiju. Spustio je glavu na njih i naizmenično ih ljubio. Zaneseno joj je lizao velike, nabrekle bradavice. Onda je osetio kako je počela da se trese u njegovom zagrljaju.

Posmatrao je dok je svršavala. Njene ogromne okrugle minđuše su skakutale levo-desno dok je brzo klizila po njegovom kurcu. Čvrsto je zgrabio za dupe dok je glasno stenjala pred njim. Osetio je kako se njeno veliko telo treslo od orgazma u njegovim rukama. Gledala ga je poluzatvorenih očiju dok joj svršavala. I dalje se brzo nabijala na njega, nije prekidala sve dok orgazam nije prestao.

Kad je svršila, ponovo ga je poljubila. Lazar je osetio kako i dalje ima strasti i želje u njoj. Kurac mu je i dalje bio u njoj, polako se pomerala po njemu. Gnječio joj je dupe dok su se ljubili, a onda se ona uspravila i polako skinula sa kurca.

Otišla je do drugog dela lifta. Oslonila se jednom rukom na ogledalo i okrenula ka njemu. Rukom je još više zadigla haljinicu i podigla guzu ka njemu. Lazar je širom otvorenih očiju posmatrao kako mu je pokazivala svoje međunožje. Ogromne i nabubrele usmine, veličine nečijeg dlana, su se pomerale pred njim i čekale da uđe između njih. Činilo mu se da njeni sokovi ne cure iz nje, nego izlaze u mlazevima. Nikad ranije nije video toliko veliku pičku. Ali njoj je pristajala. Na tako velikim bedrima, između toliko snažnih butina, ona je bila prave veličine.

Kad joj je prišao, malo je savila kolena i približila mu pičku. Postavio je kurac na njen ulaz i ona se sama nabila. Naslonila je ruku na ogledalo pored sebe i snažno se pomerala unazad, na njega. Njeno veliko dupe udaralo ga je u stomak dok mu je kurac ulazio u nju. Držao joj je ruke na butinama i osećao da su ga udarci njenog dupeta skoro boleli.

Onda je gurnuo napred. Želeo je da joj pokaže da on hoće da je jebe. Okrenula je profil ka njemu i čekala. Nabio ga je do kraja, izvadio iz nje, a onda počeo žestoko da je jebe. Činilo mu se da po prvi put u životu ne mora da obraća pažnju na to kako jebe, ne mora da brine da li će nekog povrediti. Znao je da kod Snežane nije mogao ništa da pokvari. Zato je slobodno pljeskao je po dupetu i gurao ga u nju najbrže i najsnažnije što je mogao. Uhvatio je njenu haljinu koja se oko njenog struka bila skupila u pojas.

Snežana je kriknula od strasti kad je osetila kako se haljina steže oko njenog struka. Dok je čvrsto držao za pojas od haljine i guzio, osećala se kao da je jaše. Osetila je kako mu je svesno prepustila svu kontrolu.

I to ju je činilo srećnom. Sa muškarcima sa kojima je bila, uvek je ona bila ta koja je započinjala sve i brinula o svemu. Ovo je bio prvi put kad je mogla da se potpuno prepusti nekome. Oslonila se na rukohvat lifta, zatvorila oči i uživala.

Uživala je što oseća tako veliku kurčinu koja se brzo pomerala u njoj, dok je čvrsto držao. Spustila je ruku ka svojoj pički i počela da drka. Njene velike sise su sve brže skakutale ispod nje. Kad je osetila njegove ruke kako je povlače za kosu, okrenula se i kleknula ispred njega.

Svojim mokrim prstima i dalje je drkala pičku, dok je netremice gledala kako Lazar drka kurac ispred njenog lica. Ponovo je bila iznenađena njegovom veličinom, oblizivala je usne dok ga je zadivljeno gledala.

Počela je da svršava onda kad je osetila kako joj topla sperma zapljuskuje lice. Otvorila je usta stenjući dok su joj mlazovi tople tečnosti zalivali jezik. Nakon što je prskanje prestalo, pustila je da joj sperma curi iz usta i sliva se niz bradu dok je svršavala posmatrajući veliki kurac ispred sebe.

Stavila je kurac u usta onda kad je osetila da je orgazam prošao. Progutala ga je čitavog i polizala nekoliko puta.

Kad je ustala, ruka joj je i dalje bila na pički. Stajala je na štiklama, na široko raširenim nogama, ali je i dalje bila viša od Lazara. Polako je pomerala prste po sebi dok ga je posmatrala. Nije joj bilo važno to što je bio niži od nje. Bila joj je važna njegova druga veličina.

Drugom rukom mu je i dalje držala kurac dok je sebi drkala. Osetila je kako on gubi čvrstinu. Želela je da svrši još jednom, a znala je da je on pre nje već bio kod Dragane. Nije očekivala da se uskoro povrati, a želela je da ponovo oseti čvrsti kurac u sebi. I znala je koliko velika njega želja može da bude. Nije mogla da je ignoriše. Zbog toga joj se žurilo kući, gde su je čekali njeni uvek spremni veliki dildoi.

"Moramo da idemo", rekla je drhtavim glasom.

I dalje je milovala pičku dok ga je posmatrala. Znala je da on ima neke veze sa zaustavljanjem lifta, mada nije znala kakve. Nije bilo moguće da je to slučajnost.

Lazar je zadivljeno posmatrao njenu veliku pičku dok je drkala. Vlažne sočne usmine su se pomerale brzo na sve strane pod njenim krupnim prstima, i to ga je skoro hipnotisalo. Jedva da je bio svestan da je nešto rekla. Uhvatila ga je za glavu i podigla je ka sebi.

"Moramo da idemo", ponovila je.

Tek tada se prenuo. Klimnuo je glavom i ponovo pokrenuo lift. Prišao joj je i uhvatio je za dupe. Čvrsto ga je stezao dok mu je ona držala kurac. Poljubio je strasno dok joj je dlanovima stezao dupe. Nije razmišljao o tome da li će ih neko videti, nije više razmišljao ni o tome gde idu. Samo je uživao u njenoj velikoj ruci na svom kurcu i u tome što je mogao da je gnječi snažno, bez straha da će je povrediti.

Vrata su se otvorila i tek tad je video da je to bio njen sprat. Povukla ga je za kurac prema hodniku.

"Dođi"

Kad su ušli u njen stan, brzo je iz kupatila donela uvek spremni veliki dildo i lubrikant. Povela je Lazara u svoju spavaću sobu i podigla nogu na krevet, spremajući se da nabije dildo u sebe.

Lazar je sve to posmatrao u čudu, skoro uvređen. Prišao joj je, uhvatio je za kosu i nimalo nežno povukao na dole, ka kurcu. Kad se savila ka njemu, širom je otvorila oči kad je shvatila da je već podignut, čvrst i spreman za novo jebanje. Osetila je kako je zadrhtala od te neočekivane sreće.

Čvrsto joj je držao ruke na vratu dok mu je ona uzbuđeno pušila. Nabijala ga je duboko u grlo i ponovo vadila napolje. Osećala je kako joj pljuvačka curi čitavom njegovom dužinom. Uhvatio je za kosu i povukao je nazad. Uspravila se i podigla glavu ka njemu. Pljuvačka joj je curila niz bradu dok ga je zapanjeno gledala. Nikad je niko nije tako kontrolisao. Nikome nije dozvolila. Činilo joj se kao da je lebdela na novom, nepoznatom talasu strasti zbog toga. Nije morala da brine o stvarima koje će se desiti. Prepustila je kontrolu i mogla da se potpuno opusti.

Lazar je spustio na pod. Čim je kleknula, nagnula se napred i naguzila ka njemu. Videla je da je kleknuo iza nje, i osetila tople dlanove koji su joj milovali dupe. Pomerila je svoj dlan ka pički i nastavila da se dodiruje. Zadrhtala je kad je osetila njegov tvrdi glavić na ulazu u svoju guzu. Odavno nikoga nije pustila tamo. Smatrala je da nije svako zaslužio da je naguzi. Okrenula se ka njemu i pogledala ga dok se nameštao iza nje. Lazar jeste, pomislila je.

Kad je počeo da ga gura u nju, zatvorila je oči. Osetila je kako joj se stomak diže, činilo joj se kao da pada. Ogromna kurčina je ulazila u nju od pozadi, a ona se bila potpuno odvikla od toga. Pokušala je da se pridigne, ali nije uspela. Lazar je čvrsto držao prikovanu za pod.

Zastenjala je glasno od zadovoljstva i bola kad je osetila njegova bedra na guzi. Sačekao je nekoliko trenutaka da bi se privikla na njega, a onda je počeo da se pomera u njoj. Nabadao ga je polako, a onda sve brže. Spustio se niže, jednu ruku je položio na njeno rame, a drugom je uhvatio za kosu.

Snežana je znala da će ubrzo svršiti tako. To je bio drugi razlog zbog koga nije dozvoljavala bilo kome da uđe u njenu guzu. To je bila posebna vrsta orgazma, kojeg nije želela da deli sa bilo kim.

Lazar je skakao po njoj sve brže. Njegova velika jaja su je udarala po dupetu. Odjednom se osetila nekako sputanom, kao da je bila vezana. Želela je da se pomeri. Pokušala je da se pridigne sa poda, ali nije uspela iz prvog pokušaja. Lazar je ležao na njoj i čvrsto je držao. Sklonila je ruku sa pičke i oslonila oba dlana na pod. Svom snagom se pridigla i pomerila i Lazara.

Klečala je četvoronoške dok je on guzio. Pokušala je da ustane. Već je bila stavila jedno stopalo na pod kad je Lazar zgrabio za kosu. Povukao joj je glavu ka krevetu i ona se okrenula tamo. Naslonila je dlanove na krevet. I dalje je čvrsto držao za kosu. Osećala se kao da je jahao. Pokušavala je da ga zbaci sa sebe ali nije uspevala. Osetila se kao ždrebica koju je neko pripitomljavao. Povukao je još jednom za kosu i postavio tako da bila profilom okrenuta ka njemu. Oslonila je obraz na krevet i nepomično primala njegov veliki kurac.

Lazar ga nije vadio iz nje, ni na trenutak nije prekidao da je guzi. Snežana je skoro osećala bol od tog snažnog nabadanja. Nikad nije primila veći kurac u sebe, pogotovo nikad u guzu. Nije znala da li će izdržati, ni koliko će još moći da izdrži njegova nabadanja.

Malo se pridigla i pokušala da se podigne na krevet. I dalje je čvrsto držao za kosu, ali je pustio da se popne. Dok se pridizala, išao je za njom. Držao je za bedra i čvrsto ih pribijao uz sebe. Ispružila se i legla na stomak. Osetila se malo lakše na svom krevetu. Ali veliki kurac se i dalje brzo nabijao u nju. Osetila ga je kao neku veliku motku duboko u sebi. Slušala je kako je Lazar glasno zadovoljno stenjao iznad nje.

Osetila je da počinje ono što je očekivala da će se desiti. Njen orgazam te vrste počinjao je negde duboko u njoj. Prvo kao sasvim mali, jedva primetan osećaj, koji je svake sekunde postajao snažniji, i širio se iz dubine njenog stomaka ka čitavom telu. Osetila je kako je počeo. Kao topla, prijatna tačka negde u njoj. Snežana se nasmešila. Bila je nešto kao malua u jednoj tački, eksplozija prijatnog osećaja koji je počeo da se širi svuda okolo.

A onda se desilo nešto na šta nije računala. Čula je Lazarov glasan uzdah iznad sebe. Zabio se u nju najviše što je mogao i svršavao. Njegova topla bedra su drhtala pripijena uz njenu guzu. Trenutak kasnije, imala je osećaj kako je izlio svoje seme tačno na ono mesto na kojem je njoj počinjao orgazam.

Kriknula je jednom glasno, od nikad doživljenog zadovoljstva. Činilo joj se da se topla sperma pomešala sa eksplozijom orgazma, i da se sa njom kao toplota širila celim njenim telom. Počela je da drhti od na krevetu od tog snažnog osećaja. Stenjala je i jaukala, htela da plače a istovremeno se smejala, zarila je zube u jastuk i prstima stezala ivice kreveta.

Nakon što je završio, Lazar ga nije vadio napolje. Samo je legao preko nje. Prijalo joj je da oseti njegovo toplo telo pripijeno uz sebe. I kurac koji je pulsirao negde duboko u njoj. Toplota koju je on izazvao ostala je još dugo u njoj.

Istuširali su se zajedno. Ona im je skuvala kafu, navukli su bade mantile na sebe i vratili u sobu. On je seo na krevet na kome je doživela nikad ranije doživljeni orgazam, a ona u stolicu naspram njega. Tek tad su se upoznavali. Veselo su čavrljali i shvatili da imaju dosta zajedničkih tema.

Kad su popili kafu, primetila je kako je Lazar ponovo odmeravao. Sedeo je naslonjen u krevetu i očima pohotno prelazio preko njenog tela. Otkopčao je svoj mantil i raširio ga pred njom. Snežana je raširenih očiju posmatrala kako se kurac polako dizao pred njenim iznenađenim pogledom.

Odvezala je svoj mantil dok je on posmatrao. Raširila je noge pred njim i počela da se dodiruje. Videla je kako je uzeo kurac u ruku. Drkali su dok su netremice posmatrali jedno drugog. Snežana je osetila kako uzbuđeno diše. Ponovo joj je trebalo još.

Ustala je i pustila da mantil sklizne sa njenog tela na pod. Prišla mu je i stala pored kreveta. Obema rukama uhvatila se za pičku. Prstima je dodirnula usmine. Prešla je njihovom čitavom dužinom a onda ih je raširila pred njim. Posmatrala ga je kako je zapanjeno gledao to. Činilo joj se da nije mogao da skloni pogled sa njene ružičaste pičke. Setila se kako je i u liftu voleo da je gleda.

Na dlanu je osetila kako su sokovi počeli da cure iz nje. Pomerala je prste sve brže i sa uživanjem gledala kako je netremice pratio sve što je radila. Raširila je noge još malo i približila mu se. Drkala je i pomerala bedra pred njim, kao da ga je izazivala. Pokušao je da pomeri glavu bliže ka njoj, ali ga je uhvatila za rame i zaustavila. Želela je još uživa posmatrajući njegov napaljeni izraz dok je gledao između nogu.

Kad više nije mogla da izdrži, spustila je ruku sa njegovog ramena. Odmah joj je prišao. Glasno je kriknula kad je osetila njegov jezik u sebi. Stenjala je dok je usnama skupljao njene sokove i palacao jezikom u njoj. Čvrsto ga je držala za kosu i nabijala na pičku, dok se bedrima trljala po njegovom licu.

Podigla je nogu i stavila je pored njega na krevet. Osetila je njegovu ruku na sebi, prislonio je njenu butinu uz svoje lice. Pljesnuo je jednom a onda je zgrabio za guzu. Čvrsto joj je stegnuo dupe i još više je povukao ka sebi. Drugom rukom je drkao kurac. Zatvorila je oči i uživala u tome. Milovala mu je kosu i prepustila se njegovom jeziku.

Odmaknula se onda kad je pomislila da će ubrzo svršiti ako tako nastavi. Gurnula je Lazara na krevet. Zajašila ga je je i polako stavila njegov kurac u sebe. Nagnula se napred i pustila da mu sise obuhvate lice. Pomerala je svoje čvrste bradavice po njemu dok je brzo skakala u njegovom krilu. Osetila je kako joj je grabio sise čvrstim rukama i stezao. Gledali su se u oči dok je kurac sve brže ulazio u nju.

Počela je da svršava onda kad je čula njegove orgazmičke krike. Nije brinula da li će je neko čuti, po prvi put je osetila istinsko zadovoljno svršavanje. Snažno se nabijala na njegov kurac dok je osećala kako joj topla tečnost ispunjava pičku. Nastavila je da skače po njegovom kurcu sve dok oboje nisu svršili. Nagnula se na njega i ponovo ga poljubila.

U svom stanu, Dragana je u susednoj sobi ispijala topli čaj i osmehujući se uživala u zvucima koji su dolazili iz susedne sobe. Znala je da je Lazar konačno našao svoju srodnu dušu.

1

---

1. https://www.instagram.com/vissnjas/

# Also by Višnja Savić

Povratak u školu
Magični lift
Čitateljka
Beogradski harem
Između komšija
Klinac iz komšiluka
Tri komšinice
Priče
Strast u doba korone
Ljubavnik po zadatku